硝子細工の爪

硝子《ガラス》細工《ざいく》の爪《つめ》

きたざわ尋子《じんこ》
ILLUSTRATION：雨澄《あますみ》ノカ

硝子細工の爪

LYNX ROMANCE

CONTENTS

硝子細工の爪

なにが起きたのか、すぐには理解できなかった。

頭のなかは真っ白で、なのに目の前で主張しているのは鮮やかすぎる赤で、彼は——吉佐宏海《きさひろみ》は茫《ぼう》然《ぜん》とそれを見つめるばかりだった。

幼い頃から一緒にいた親友は、小さくうめきながらも動けず、頭から真っ赤な血を流しているし、親友に庇《かば》われた彼女もまた微動《びどう》だにせず、怯《おび》えた顔で宏海を凝視《ぎょうし》していた。

音はすべて遠くから聞こえ、自分の鼓動《こどう》ばかりがやけに近くて耳障《みみざわ》りだった。

十五になったばかりの、あの冬の終わり。

宏海は自分の運命が——大げさではなく、自分を取り巻く環境も人間関係も人生すらも激変したあの瞬間を、いまでも繰り返し夢に見る。

目を覚ました直後は、いつも自分の置かれた状況がわからなくなってしまう。夢に引きずられ、感覚があの頃に巻き戻されたようになるからだった。

「はぁ……」

見慣れてしまった天井の細工を意識して、あれからもう三年半もたったことを、そして自分がもう十八歳になっていることを思い出した。

気分に引きずられて重い身体《からだ》をなんとか起こし、顔を洗うために洗面所に向かった。

家のなかはいつも通りしんとしていて、外の音がよく聞こえる。今日は少し風が強いようで、ときおりどこかでカタカタと音が鳴っていた。おそらく鍵《かぎ》を閉め忘れた場所があるのだろう。

普通だったら防犯上の問題がありそうなものだが、ここでは心配することもない。たとえ敷地に入ってくる泥棒がいたとしても、立派な母屋《おもや》があるのだから、わざわざ離れになんか入ってこないだろう。

この離れはもともと数寄屋《すきや》造りの古いものだったが、宏海が住むことになったときにリフォームされて内部はほぼ洋風に作り替えられている。部屋は全部で四部屋もあり、それ以外にリビングやダイニングキッチンなどもある広いものだ。本来離れには揃《そろ》わないはずの住宅設備もすべてあるし、掃除や洗濯は基本的には母屋から人が来てやってくれる。食事は夜だけ運んできてもらい、朝と昼は一人で勝手にやっていた。これといって不自由はなかった。

あるとすれば、それは話相手がいないということだろうか。この広い離れに、宏海は三年以上も一人で住んでいるのだ。

父方の親戚《しんせき》である小田桐《おだぎり》家に引き取られたのは、保護という名目の隔離のためだった。古くから続く名家だそうだが、数年前まで宏海にとってはときどき話に聞く遠い存在でしかなかった。亡き父は小田桐家の分家の出で、そうそう本家への出入りもなかったからだ。一度だけ、まだ宏海が小学生のときに本家の当主――宏海にとっては祖父の従兄弟《いとこ》に当たる人が亡くなったからと、葬儀に出席させられたが、途方もなく広い家と覚えきれないほど大勢いた人たちに圧倒されて、細かいことはまったくと言っていいほど覚えていなかった。

顔を洗って鏡を見ると、相変わらず生気のない顔をした自分が映《うつ》っていた。かつての自分とは、まるで違った。

表情がそげ落ちて、自分で言うのもなんだが目が暗い。十八歳という年齢にそぐわない覇気《はき》のなさだと客観的に思う。

最後に笑ったのは、一体いつだったたか。少なくとも父親が亡くなってから――つまりは十五歳の誕生日の少し前から、楽しいとか嬉しいとかいったことで笑ったことはなかったはずだ。

溜め息が出るのはいつものことだった。

鏡を見るたびに、自分を捨てた母親を思い出してしまう。

彼女にとって宏海は薄気味の悪い存在であり、自身の新たな人生に不要な——むしろ邪魔なものだった。そして自分の手には余ると言って、宏海を本家に押しつけたのだ。

この顔は、どうして母親にばかり似てしまったんだろう。外見だけは清楚《せいそ》で優しげで、その実、美しさを賞賛されることを生き甲斐《がい》としていたような、あの女に。

優しく誠実だった父親を裏切り、ほかの男と関係を持っていたと知ったときは愕然《がくぜん》としたものだった。父親はそれを知っていて、すでに離婚の意思を固めていたこともショックに拍車をかけた。宏海にとっては最高の父親だったが、彼女にとっては至らない夫だったということらしい。当の本人である父親が、苦笑しながらそう言っていたのを思い出す。

身勝手な女の一方的な言い訳に過ぎないと宏海は思っている。父親が暴力を振るっていたというのならばまだしも、そうじゃないのだ。父親は過ぎるほどに優しい人だった。それが彼女には「物足りない」と感じたとしても、不倫に走る理由にはならないはずだった。

衝撃の事実が発覚してから間もなく、まだ離婚の話しあいに入る前に、父親は急な病に倒れてそのまま帰らぬ人となった。

宏海が十五歳になる直前のことだった。三ヵ月もしないうちに、宏海は本家へと身柄を預けられることになり、その後母親は再婚したと聞いた。父親が亡くなってから、ちょうど半年後のことだった。

いまさら怒りは覚えない。そんな感情すら抱けなくなってしまった。向こうが宏海を不要としたように、宏海だって彼女はもういらない存在だったからだ。

気がつくと、自分の顔を睨《にら》み付けていた。

「気持ち悪い」

こんな顔をすると、うんざりするほどそっくりだ。紛《まぎ》れもなくあの女は母親なのだと思い知り、宏海は鏡から目をそらした。

だめだ、気持ちを落ち着かせなければ。もしかしたら、遠い海の向こうで母親だった人は「不幸なできごと」に見舞われているかもしれないから――。

深呼吸をして、目を開ける。

食欲がなくなったから、今朝は野菜ジュースだけにする。こういうことはよくあって、朝どころか昼さえ抜くことも珍しくはなかった。夜だけは具合が悪くない限り、ちゃんと食べるようにはしているが。

ジュースだけ飲んだあと、宏海は庭へ出て草むしりを始めた。やれと言われているわけではないが、暇なので自主的にやっていることだ。

庭はかなり広いから、手を付けるのは離れの周囲だけだ。あまり広範囲にやると母屋に近づきすぎてしまい、人に会うことになってしまう。

思っていた通り風が少し強い。天気予報で台風が近づいてきていると言っていたから、その影響かもしれなかった。

（なんだ……？）

妙にざわついた気配を感じて、宏海は意識を母屋へと向けた。声が聞こえてくるわけでもないし、樹木などがあって人の行き来が見えるわけではないのだが、どことなく落ち着かないような、浮き足だった気配が伝わってくる。

来客でもあるのかと思ったが、外へ出るなとは言われていないから違うはずだ。ならば吉報でも舞い込んだのだろうか。

いずれにしても宏海には関係ないことだった。小田桐家の敷地内で生活してはいても、宏海は家の行事にいっさい関わっていない。望まれていないし、そもそも出たいとも思っていないから、ちょうどいいのだが。

ここへ来てやったことといえば、勉強をして高校卒業程度認定試験に受かったくらいだろう。かといって本来大学一年の年齢にもかかわらず、受験すらしていない。高校を一ヵ月足らずでやめて以来、三年半ものあいだ一度もここから出ていないのだ。

適度に勉強をして、本を読んで、たまにこうして庭いじりをする。それが宏海の生活のほとんどだった。

なんだかますます騒がしい。いや、さっきまでは浮き足だった気配だったのに、いまははっきりと人の声が聞こえてきて、それが近づいてくる。

宏海ははっとして立ち上がり、慌《あわ》てて離れのなかへと引っ込んだ。

建物のなかならば、客と顔をあわせる事態にはならない。入ってくるのは、決まった顔ぶれだけなのだ。初老の男性と、同じ年くらいの女性、そしてもう少し若い中年の男性の三人だけ。彼らが交代で、掃除をしたり料理を運んだり、洗濯ものを引き取って届けたりしてくれる。早い時期に洗濯機を入れてもらったので、洗濯ものといっても自分では洗えないようなものくらいだが。

彼らとも、それほど多くは話さない。話しても、当たり障りのないことだけだ。

表情筋が動きにくくなっているのも仕方ないだろう。

ふう、と息をついてリビングでぼんやりしていると、背にした玄関のほうでがらりと引き戸が開く音がした。なかは洋風――というかいまどきの造りだが、玄関は外観にあわせて引き戸のままなのだ。もちろん古めかしい印象はないようになってはいる。

施錠はしていなかったが、あの三人が呼び鈴《りん》も鳴らさずに開けるはずがない。この三年半、黙って入ってきたことなど一度もなかったのだ。

聞き慣れない声がする。それも複数だった。

なにごとかと眉をひそめて振り返ると、リビングの入り口に背の高い男が立っていた。屈《かが》んで入らなければならないほどの長身だった。

年齢は三十歳前後だろうか。切れ長の目は知的な印象だが、全体的な雰囲気はもっと砕けていて、こなれた大人の男という感じがする。髪はセットもされず無造作に流されているし、服装もカジュアルなものだが、きちんとすればどこかのエリートといった風情《ふぜい》になるだろう。

「本当にいるんだな」

「ですからそう申し上げているじゃないですか……っ。申し訳ありません、宏海さん。すぐにお戻りいただきますので」

「はぁ……」

男と一緒に来た人に、宏海は何度か会ったことがあった。小田桐家の執事のような立場の人で、家のことを取り仕切っているそうだ。確か年は宏海の父親と同じくらいで、平埜《ひらの》といったはずだ。

別にこのくらいで怒ったりはしないのに、平埜はずいぶんと慌てふためいている。そして客らしい男は、珍しいものを見るようにじっと宏海を見つめていた。

不躾《ぶしつけ》とさえいえる視線に、おやと思う。

なにも聞いていないのだろう。そうでなければ、こんなふうに勝手に離れに入ってきたり、まじまじと宏海を眺めたりするはずがない。

「さ、隆衛《たかえ》さま。母屋に戻ってください」

「だから俺はこっちがいいんだって言っただろ」

「ですが、こちらには宏海さまがお住まいですし」

「ここの庭が好きなんだよ。リフォームして住みやすくなったっていうなら、なおさらだ。純和風より快適そうでいいじゃないか。問題ないだろ」

「大ありです」

言いあう二人を見つめながら、宏海はようやく「隆衛」の正体に気がついた。どこかで聞いた名だと思ったが、確か当主の次男がそんな名前だったはずだ。一度だけ、先代当主の葬儀のときに会ったことがあった。もう十年以上も前のことだが、かすかに覚えている。知り合いがまったくいないところに連れてこられて退屈だった宏海をかまってくれた人のような気がした。

「えーと……次男の人ですか？」

呟《つぶや》くように尋ねると、ぴたりと二人は黙りこんだ。平埜がさっと顔色をなくしたが、それはそれで失礼な話だな、と思った。別にこの程度のことで感情を揺らしたりはしないが。

一方の隆衛は、にやりと口の端を上げた。

「当たり。鍵本《かぎもと》隆衛だ」

「え？　あれ……婿《むこ》養子にでも行ったんだっけ？」

名字が違う。彼は現当主のれっきとした次男で、ほかの兄弟たちと母親が同じだったはずだ。なのに小田桐姓でないのはどういうことか。

小首を傾《かし》げていると、いきなり隆衛が爆笑した。クールそうな外見からは想像もできない笑い方だった。

黙っていれば、知的で仕事のできる切れ者、といった感じなのに、口を開くと台無しだ。もちろんそれはそれで取っつきやすくて魅力的には違いないのだが。

おろおろしている平埜をよそに、気がすむまで笑ったらしい隆衛は大きく息をついた。

「残念ながら独身だ。まぁあれだ、いろいろあって勘当《かんどう》されてな」

「勘当……」

「徹底してるというか、まぁ当主としての毅然《きぜん》とした態度ってやつを示すために、分家に養子に出すのはわかりやすいだろ？　そういうことだ」

「なにやらかしたんですか」

小田桐の籍《せき》から出すほどのことをしたらしいが、こうして戻ってきたからには、許されたということなのだろうか。母屋のほうが浮き足立っていたのは、間違いなく彼のせいなのだろう。

「その前に座っていいか？　立ち話もなんだろ？」

「ああ……どうぞ」

ちらっと平埜を見ると、彼は相変わらず困惑している様子だった。隆衛への態度を見る限り、当主の次男として接しているようだし、そんな大事な存在が宏海の前にいることが不安でたまらないのだろう。

「平埜、戻っていいぞ」

「ですが……」

「おまえがいると落ち着かない。ご当主サマには、俺が勝手に離れを選んだって報告しておけ。ああ、あとで荷物をよろしく」

ソファに座った隆衛は、そう言って振り返ることなく平埜に言った。見えるように手を振っているが、どう見ても追い払っているような動きだった。

平埜の葛藤《かっとう》が宏海には見える気がした。大事な次男が危害を加えられやしないかと、ハラハラしているのだ。かといっておおっぴらに諫《いさ》められないし、宏海を前にして理由を言うこともできないでいる。

「平埜さんが心配してますけど」

「ここに来るまでに少しは聞いた。俺だって小田桐の直系だからな、別に驚ろきゃしない。分家に能力者が出たってのが、珍しいとは思ったけどな」

「ふーん」

抑揚《よくよう》のない声で答えながらも、ひどく落ち着かない気分を味わった。

ここへ来て初めての客ということもあるし、隆衛の態度があまりにも自然だったせいもある。

身がまえるでもなく、怯えるでもない。そしてここに出入りする使用人たちのように、過剰なほどにこやかな笑みを浮かべて、その実宏海の機嫌を損《そこ》ねないように神経を使っているわけでもなかった。

この人と、もう少し話してみたい。自分のことを聞いてもらいたい。急にそんな気持ちが湧《わ》いてきて、どうしようもなくなった。

「あの……平埜さん」

「は、はい」

ぴしっと背中に棒でも入ったんじゃないかと思うほど、平埜の背筋が伸びた。溜め息をつきそうになるのを我慢して、宏海は淡々と言った。

「ケガなんてさせませんから大丈夫ですよ。これでも、そんなに沸点は低くないほうなんです」

「し……失礼しました」

さらに顔色を悪くして、平埜はぎこちない動きのまま逃げるようにして離れを出て行った。

正直、あまりいい気持ちではなかった。怯えるのは仕方ないとわかっていても、そこまで過剰反応をしなくても、とは思う。

そして見送った隆衛は呆気《あっけ》に取られていた。

「なんだ、あれは……」

「俺が怖いんでしょ」

「は？　あー……あれか。例の『力』が怖いってわけか」

なるほど、と隆衛は浅く顎《あご》を引いた。

小田桐家は昔から特殊な力によって栄えてきたと言われているらしい。武運や富、あるいは成功をもたらす者を直系から多く出しつつも、歴史の表舞台には出ないようにうまく世を渡ってきた。時代とともに力は薄れたものの、いまのところ衰退の兆《きざ》しは見えていないようだ。

そんなプラスの力がある一方で、マイナスの力も存在した。感情によって引き起こされる、特定の相手を呪《のろ》い、不幸や不運をもたらす力だ。

「どの程度聞いたんですか？」

「質問に答える前に、リクエスト。タメ口にしてくれ。プライベートで敬語のたぐいを使われるのがいやなんだよ」

「でも……」

「よろしく」

強い口調ではないのにきっぱりしている、という不思議な言い方をされ、ごねる理由もさしてない宏海は仕方なく頷《うなず》いた。

すると満足した様子で、隆衛は話を戻した。

「俺が聞いたのは、分家の子に負のほうの力が出た……ってことくらいだな」

少しも気負った様子もなく言って、隆衛は長い脚《あし》をゆったりと組んだ。向かいに誰かが座っている状態はとても新鮮だった。

「それだけじゃないでしょ。危ないから近づくなって言われたんじゃないの？」

「まぁな」

苦笑まじりに返されて、思わず溜め息が出た。

本家の人たちの、相変わらずの認識と態度には、軽く失望してしまう。小田桐家の関係者ならもう少し冷静に捉《とら》え、対処してくれるかと期待していたのだが、それは過ぎた望みだったようだ。

それも仕方ないかと諦《あきら》めが浮かぶ。三年以上もの時間がありながら、隔離する以外の対応を取れていないのが現状なのだから、長い歴史を持つという小田桐家もたいしたことはないなと思った。

「隆衛さん……だっけ。どうぞこのまま母屋へお帰りください。お茶も出せなくて申し訳ないんだけど、ここには客をもてなすようなものはなにもないし」

「別にもてなす必要はない。ただ泊まるだけだしな」

「は？」

「聞いてなかったか？　俺はこっちが気に入ってるんだよ。正確には庭が……だけどな。母屋だと息苦しいってのもあるし」

「いや、あの……俺のこと、聞いたんだよね？　だったら、おとなしく母屋に戻ってくれないかな。

平埜さんとか、ご家族の方が心配するよ？」

「ケガはさせないし、沸点も低くないんだろ？」

にやりと笑って、隆衛はさっき宏海が言ったことを繰り返した。なんだか揚《あ》げ足を取られたような気分だった。

「言ったけど、絶対の自信があるわけじゃないんで。そんなのあったら、とっくに外へ出て普通に暮らしてるよ。こうして少し話をするくらいなら大丈夫だろうって意味だったんだけど」

「三年ちょい前からいるんだってな」

「うん。まぁ」

「そのあいだ一度も外へ出てないのか？」

「庭へ出たくらいかな。父の三回忌《き》もここでやったし。ごく限られた人数でね」

小田桐家から母親に一応声をかけたそうだが、もちろん来なかった。海外で新しい家庭を築いた彼女にとっては、関わりたくないことだったようだ。彼女は小田桐家のことも気味悪がっていたので、来ないと聞いたときもなんとも思わなかったが。

「マイナスの感情が引き金だそうだな。具体的には？」

「聞いてどうすんの？」

「付きあってく上で、相手のことを知るってのは重要だろ。言われたりされたりして、いやなことは教えておいてもらったほうがいいしな」

ここに滞在することを前提に言われても、宏海は戸惑《とまど》うばかりだ。かつてはどちらかというと社交的で友人も多く、人見知りなどまったくしなかったのだが、もうすっかり変わってしまった。人と話すことに対して身がまえるようになってしまったし、緊張してしまう。誰かと話したいと思う一方で、怖いとも思うのだ。

「俺の態度は不快か？」

話すこと自体や相手が怖いわけじゃない。自分が怖いのだった。

「……別に」

「無理するなよ。正直に言え」

「言ってるよ。別に、いやじゃない」

むしろ気負わない隆衛の態度は、宏海にとっても気が楽だった。相手が緊張して身がまえていると、こちらにもうつってしまうものなのだ。

「どういうことが、だめなんだ？　いつから、力が出始めた？　なにか対処はしてるのか？」

矢継《やつ》ぎ早《ばや》の質問に面食らいながら、宏海は隆衛を見つめ返した。

こんなふうに踏み込んでこようとする人は、ずいぶんと久しぶりだった。まっすぐに見つめられることも、何年ぶりだろうか。いや、宏海のほうが相手をまともに見ようとしなくなったせいもあるのだが。

「……理不尽《りふじん》なことを、言われたり……されたりすると、だめなんだと思う。力が初めて出たのは、たぶん中三の三月。対処は特になにもしてない」

「なにも？　当主はなにもしてくれてないのか？」

「だってやりようがないじゃん。力はコントロールできるようなものじゃないって聞いてるし、俺のメンタルに問題あるわけじゃないからカウンセラーつけても仕方ないし。俺がそれなりに年取って、自分の感情をある程度抑《おさ》えられるようになるのを待つしかないって言われたよ」

現に三年前に比べて、少しは落ち着いてきているとは思う。思春期まっただなかの中学生と、大学生の年になる現在とで、まったく違いがなかったらそれこそ問題だ。ただし大きく成長してはいない、という自覚もあった。

隆衛はそこを容赦《ようしゃ》なく突いてきた。

「こんなところで引きこもって、ほとんど誰ともしゃべらなかったら、年だけ取っても意味はないと思うが？　むしろ精神衛生上、よくないんじゃないか？」

もっともな意見に、なにも言えなかった。だが仕方ないのだ。宏海が自身を怖いと思う以上に、相手も宏海を怖がるのだから。

隆衛だって同じだろう。平埜から簡単に話は聞いたらしいが、まだすべてを知らないから、こんなふうに堂々と向かいに座っていられるのだ。

小さく嘆息《たんそく》し、宏海は自嘲《じちょう》の笑みを浮かべた。

「人に危害を加えるよりはマシ」

「具体的に、なにがあったんだ？　きっかけみたいなものはあったのか？」

「平埜さんはなんて？」

「何人かにケガをさせた……ってことくらいだな」

「本当に簡単だなぁ。まぁ、その通りなんだけどさ」

「詳しく話してくれないか」

そう告げる隆衛の態度や表情は真剣なもので、ごまかすのも逃げるのもだめだと宏海に思わせた。それに言ってしまいたいという欲求もあった。

ここへ来ることになったとき、当主は宏海自身の口から話を聞きはしなかった。すでに調査をしていたから、その確認をしただけだったのだ。

少しだけ間を置いてから、宏海は口を開いた。

「親友がいたんだ。幼なじみで、小一から一緒の……」

思い出すのはいまでもつらかった。目の前で血を流す彼――杉野雄介《すぎのゆうすけ》の姿と、最後に会ったときの彼のこわばった表情が浮かんでしまうからだ。

ただの親友ではなかった。宏海は雄介に友情以上のものを抱いていたからだ。いまにして思えば憧《あこが》れの延長だったような気もするが、せつなさを伴う感情だったことは間違いない。

だがそれを第三者に、まして会ったばかりの相手に打ち明けるつもりはなかった。雄介への恋慕《れんぼ》を抜きにしても、充分に伝わる話だから、その部分だけは割愛《かつあい》することにした。

「中三のとき、親友に彼女ができて。その彼女が二股《ふたまた》をかけてたことを偶然知っちゃったんで、親友に黙って彼女を問い詰めたんだよね。そしたら開き直られて、いろいろ言われて……俺のことだけだったらよかったんだけど、親友のことまでひどい言いぐさで……」

主に自分たちの仲がよすぎることを責められた。その上、雄介のことを、見かけ倒しのつまらない男だとか、野球部のエースであることと見た目以外に価値がないなどと言い出した。

挙《あ》げ句《く》の果てに、宏海の気持ちに気付いて、気持ちが悪いだの汚いだのと罵《のの》りだしたのだ。思い出したくもないほど汚い言葉もいろいろとぶつけられた。

「俺、その少し前に父親を亡くしてて……しかも母親が不倫してたことも知って、かなり不安定だったんだと思う。母親のこと、いまでも許せないし。それであのとき、彼女と母親が重なって、感情がぐちゃぐちゃになって……気がついたら……」

話しあいの場所は学校の敷地内——数ヵ月前に補修工事が終わったばかりの体育館脇だった。突然頭上でなにかが砕けた音がして、大小さまざまなガラス片が彼女の上に降り注いだ。二メートルと離れていなかった宏海には、小さな欠片《かけら》すら落ちてこなかったのにだ。

降ってくるガラスの破片を、宏海はぼんやりと眺めていた。動かなかったのか、動けなかったのか、宏海自身でもいまだによくわからない。

ただ、一瞬のできごとだったはずなのに、落ちてくるガラスがまるでスローモーションのようにゆっくり見えていたことを覚えている。

そんななか、雄介の鋭い声がやけにはっきりと聞こえた。彼女の名前を呼んでいた。

いきなり宏海の視界に入ってきた彼は、降り注ぐガラス片から彼女を庇うように抱きかかえ、傷だらけになって彼女ごと地面に倒れた。切っただけではなく、破片が頭に強くぶつかったのだ。

「慌てて駆け寄ろうとしたら、彼女が悲鳴を上げて俺から逃げようとしたんだ。それどころじゃなかったから、俺は親友のそばで止血とかしてたけど……」

「……ガラスを割ったのは、おまえなのか？」

「割ろうと思ったわけじゃないよ。俺がしちゃったのは『不幸なできごと』を彼女に与えただけ。そのはずだったんだけどね……」

結局、ケガは雄介のほうが大きかった。彼女も傷を負いはしたが軽傷で、雄介は頭を十針も縫う傷を負った。それ以外にも切り傷はいくつもあった。幸い、頭の打撲《だぼく》は大事に至るようなものではなかったが、検査もあって数日の入院を余儀《よぎ》なくされた。

「もちろんそのときは、ただの事故だって思ってたよ。小田桐家の力のことなんて、俺は全然知らなかったし」

あれは事故として処理された。学校側の管理や補修工事を請け負った業者の責任は問われたが、誰も不審には思わなかった。事故の直後は、宏海が彼女に危害を加えようとした……などと疑われかけたが、現場を見ていた生徒たちが数人いて、宏海はただ話していただけだと証言してくれた。ただしケンカ腰だったことも知られてしまったが。

ガラスが割れたのは、なんらかの不具合という結論になった。仕掛けはなにもなかったし、体育館では部活が行われていて、不審な人物が天井に近い場所でなにかをしている、などという事実もあり得なかったからだ。

「それが最初か」

「たぶん。知らないうちに、誰かにやらかしてる可能性がないとは言えないけど」

可能性はゼロではないが、おそらくないだろうと宏海は思っている。感情が引き金になって発動する忌《い》まわしい「力」には、宏海にしかわからない不可思議な感覚が伴うのだ。そして対象となった者にも力が発動するのがわかるのだという。

「事故の瞬間、俺からなにかが立ち上ったらしいんだよね。自分じゃ全然わかんないけど、彼女が俺に怯えた理由がそれ。なんかいろいろ言ってたな。ようするに禍々《まがまが》しいオーラみたいなものが見えたってことらしいよ」

彼女が乏しい語彙《ごい》で繰り返し周囲に訴えていたことをまとめると、そういうことになる。雄介にはもちろん、彼女の友人たちにも言ったものだから、おしゃべりなその友人たちのおかげで、たちまちそのことは噂《うわさ》になってしまった。

本気で信じた者はいなかったが、事故の原因が説明できない状況だったせいで、おもしろおかしく「呪い」だの「霊の仕業《しわざ》」だのと言われ、宏海はたちまち呪術師《じゅじゅつし》だとか霊能者だとか言われるようになった。

「親友の反応はどうだったんだ？」

「噂のことは本気にしてなかったよ。それよりも、どうして俺が彼女を呼び出したのか、っていうほうが気になってたみたい」

それは遠まわしな確認、あるいは拒絶だったのだろう。説明役として学校に残された宏海が見舞いに行ったときには、彼女がいろいろと雄介に吹き込んだあとだったから、宏海の恋心も暴露《ばくろ》されてしまっていたのだ。

雄介は一度も宏海の顔を見なかったし、態度も硬かった。同性愛に対して彼はかなり拒否感が強いタイプだったようだ。あるいは親友だと思っていた宏海の裏切りだと思ったのかもしれない。

もちろん否定はした。だが嘘はあまりうまくなかったと思う。雄介の態度が硬いままだったのは、宏海の気持ちを確信したためだろうから。

「結局、親友とは気まずくなっちゃって、それっきり。俺がどこにいるのかも、知らないんじゃないかな」

彼女は守ってもらったことで雄介への気持ちや態度を変え、べったりと言っていいほどそばを離れなくなった。そうなると怯えられている上に敵視されている宏海は、近づくこともできなくなった。雄介からも距離を置かれた。

宏海が横恋慕して二人を別れさせようとした、という話を、雄介がどこまで信じたのかはわからない。だが宏海の気持ちに関しては信じていたようだったから、以前の関係に戻るのは難しいと、その時点で宏海も諦めていた。

おかげで宏海の精神状態はますます不安定になった。

その後、道を歩いていて男にぶつかったときに、二度目の「発動」があった。ぶつかったこと自体は、どちらが悪いともいえないようなものだった。交差点の真ん中で、互いに避《よ》けた方向が一緒だったという、人によっては思わず笑ってしまうようなことだったはずなのに、相手は謝った宏海を怒鳴りつけた。唖然《あぜん》として、それから理不尽さにムッとしてしまったとき、ブレーキワイヤーが切れた小学生の自転車が突っ込んできて、男がケガをしたのだ。幸いなことに小学生自身は膝をすりむいた程度だった。

三度目は駅のなかで起きた。突っ立っていたのを邪魔だと咎《とが》められた女性が、謝ったのにイヤミを言われ続けているのを見て、宏海は思わず顔をしかめた。するとそれに気付いた責める側の中年女性は宏海にまで悪態をついたのだ。どこかおかしいんじゃないかと思うほど怒鳴り散らした挙げ句、そのおばさんは、ぷりぷり怒りながら階段を下りて行き、後ろから追い越しざまにぶつかった若い男によって転落した。ぶつかった男はそのままどこかへ逃げてしまった。

そんなことが続いているうちに、宏海は自分が怖くなった。いずれもその瞬間には、自覚できるほどの感覚が湧き起こるからだ。悪寒のような、とてもいやな感覚だ。

「目の前で、いくつか『事故』を見て、必ずそのとき自分に異変が起きてることに気がついて……初めて、彼女が言ってたことは本当なんじゃないかって思ったんだ」

「それで小田桐家に相談を？」

「母親がね。噂を知って、すぐだったみたいだよ。俺にはなにも言わないでさ。いきなり小田桐家の使いの人が来ちゃって、びっくりした。まぁ、厄介《やっかい》払いだよね」

吐き捨てるように言った途端に隆衛は眉をひそめた。母親に対しての悪感情が滲《にじ》み出ていたせいかもしれないし、自虐的すぎると思ったのかもしれない。だが事実だった。

自嘲を浮かべながら、宏海は続けた。

「気味が悪いって、面と向かって言われたんで。あの人は不倫してた相手と再婚しようとしてたから、俺がじゃまだったんだよ。俺がここへ来てから、一度も連絡寄越さないし」

母親だった人は再婚して姓も住まいも変え、宏海とも小田桐家とも、吉佐家とも縁を切ったのだ。そして息子が人を呪えるなんていう噂とも離れることができた。

「俺は実の母親からも捨てられた人間だよ。親友に重傷を負わせて、名前も知らない人たちを何人もケガさせて……たぶん、母親も何度か同じような目に遭《あ》ったんじゃないかな。最後に会ったとき、怯えながら謝ってたから……」

泣き崩れながら「わたしが弱かったの。でもあなたを愛してるのよ、大切なの」なんて言っていた母親を思い出しても、なんの感慨も浮かんでこない。保身のための涙と言い訳としか思えなかったし、いまでもそう思っているからだ。

隆衛は嘆息し、いくぶん前に乗り出していた身体をソファの背に預けた。

「死人は出てないんだな？」

「いまのところは」

目の前で起きるとは限らない事象だが、発動した感覚があった前後に死亡者が出たという報告はないようだ。小田桐家の調査に間違いはないだろうし、ここへ来てからは一度も発動したことはないはずだった。

「でも、たまたまだったかもしれない。ガラスだって当たった場所が悪ければ死んでいただろうし、衝突や落下だって可能性はあるし」

だから自分に関わるなという思いを込めて、宏海は冷ややかに隆衛を見つめた。

漠然《ばくぜん》とした話しか聞いていなかったのならともかく、詳しい話を聞けば隆衛だって怯《ひる》むだろうと思った。警戒して離れるか、宏海を怒らせないように腫《は》れ物を触るような態度になるか――。

隆衛はどちらでもなかった。

「俺が押しかけてくるのは、理不尽で不愉快なことか？」

「え？」

「おまえ的に、どうなんだって聞いてるんだよ。力がどうのって以前に、どうしてもいやだってなら仕方ないからな」

「別に理不尽じゃないけど……俺は拒否できる立場じゃないし」

この離れは宏海のものでもなんでもないのだ。そして隆衛は勘当されたとはいえ本家の次男で、家への立ち入りを許された身だ。

「立場の話をしてるんじゃないだろうが。いやか、いやじゃないか、それだけだ」

「い……いやじゃ、ない……」

会って間もない相手だが、素直にそう思った。相手が落ち着いた大人だからか、あるいはフランクなわりに不躾ではない態度やもの言いに、不思議な安心感を覚えたせいかもしれない。

「だったらとりあえず、三日くらい泊まらせてくれ。それでどうしても無理そうだったら、諦めて母屋に戻るってことで」

「ちょっ……俺の話、ちゃんと聞いてたっ？　無理とかそういう問題じゃなくて、隆衛さんがケガしちゃうかもしれないんだよ！」

「マイナス感情を刺激しなきゃいいって話だろ？」

「えぇぇー……」

「お試しだ。よし、とりあえず茶でも飲むか」

言いながら立ち上がる隆衛を見つめ、宏海はどうしたらいいのかと困惑していた。多少の動揺はあるが、こんなことで力は発動したりしない。怒りはないし、恐怖も嫌悪もないからだ。

宏海の横を通り過ぎるとき、彼はふと立ち止まり、くしゃっと頭を撫《な》でた。

心底驚いて、声も出なかった。ただ目を丸くして隆衛を見上げることしかできない。

もう何年も、宏海に触れる人間などいなかった。触れるどころか、目もあわせようとしないし、言葉も必要最低限なものだけだったのに。

隆衛はくすりと笑った。

「やっぱり宏幸《ひろゆき》さんに似てるんだな」

「う……嘘だ……」

亡き父親の名前を出されて、とっさにかぶりを振った。

昔から母親にそっくりだと言われ続けてきたし、自分でもいやになるほど似ていることは自覚している。父親に似ているなんて、ただの一度も言われたことがなかったのだ。

「さっきの驚いた顔、宏幸さんと被ったぞ。顔立ちってよりも表情の作り方がそっくりなんだ。あとは俺が、おまえの母親の顔を知らないってのもあるだろうな」

「表情……」

「宏幸さんも、よく目をまん丸にして驚いてたからな。俺と妹は、よく宏幸さんに他愛《たわい》もないイタズラを仕掛けてたんだ」

そんな話を父親にちらりと聞いたことがあった気がする。確か先代の葬儀で隆衛に会ったあとだったはずだ。父の宏幸は、結婚前は本家で——つまりここに住み込んで、直系の子供たちの勉強や作法などを教える役目を負っていたらしい。教育係というやつだ。長男は真面目《まじめ》だが、次男と長女はイタズラ好きだと笑っていた。

妙に納得してしまった。イタズラ好きの子供が大人になると、こうなるらしい。

ふいに隆衛が表情を曇らせた。

「葬儀に行けなくて、すまなかったな。実は亡くなったのを知ったのも、つい最近なんだ。小田桐家周辺の話は徹底して俺に伝わらないようになってててな」

分家の養子になったとはいえ、それは戸籍上の話だけで、実際は身一つで海外に放り出されたも同然だったという。本家からの申し渡しにより、鍵本家も隆衛に対して連絡は取らなかったのだ。

「宏幸さんには、ずいぶんと世話になったんだが……」

懐《なつ》かしそうに目を細める様子を、宏海はじっと見つめていた。

隆衛はもう一度宏海の頭を撫でてからキッチンへ行った。

宏海はしばらくぼんやりしていたが、はっと我に返った。あまりにも自然に茶がどうのと言われて流してしまった。

「俺がいれるって……！」

急いで追いかけると、隆衛はすでにケトルを手にしていた。

「思ってたより気合いの入った台所だな。自分で料理してるのか？」

「朝と昼は、適当に。料理ってほどのことはしてないよ」

料理なんて言われたら恥ずかしいレベルの話だ。朝はトーストにインスタントスープがほとんどで、朝昼兼用になることも珍しくない。ブランチといえば聞こえはいいが、あるものを適当に食べているだけだ。たまにフライパンや鍋《なべ》を使うこともあるものの、インスタントやレトルトばかりだ。冷凍食品もよく食べる。

「冷蔵庫開けてもいいか？」

「……どうぞ」

宏海は隆衛からケトルを取り上げ、湯を沸《わ》かした。小田桐家は電気ポットも用意してくれたのだが、まったく使っていなかった。

パタンと冷蔵庫のドアを閉める音がした。

「だいたいわかった。せいぜい、パスタを茹《ゆ》でてレトルトのソースをかけて食ったり、適当に切った食材を炒《いた》めてなんとかの素《もと》みたいなのを混ぜる程度だな」

「……当たり」

「買いものはどうしてるんだ？」

「メモを渡せば、買ってきてくれるから」

「それじゃ買いにくいものもあるだろ。そういうのはネットか？」

意味ありげな笑みを浮かべられたが、あいにくとそんなものはない。十八歳の男としては枯れているほうだという自覚はあった。

「エロ本みたいなものは興味ないんで。あと、ここはネット環境ないから、したかったら自分でなんとかして。携帯電話とかも、必要ないんで持ってないし」

厳密に言えば以前は持っていたが、ここへ来てから解約した。当時はいまよりずっとナーバスで、外の世界との繋《つな》がりを断ってしまいたくて仕方なかったのだ。

「ここに固定電話は……」

「あるけど使ってない。毎日届けてくれる新聞とテレビが、情報源のすべてなんだ」

そのテレビすらも長時間見ることはない。特にニュースはあまり見ないことにしている。なかには理不尽な事件や事故、あるいは社会情勢といったものもあるので、念のために避けているのだ。新聞でも見だしだけ見て内容を詳しく読まないものもあるくらいだ。

「誰かしら毎日来るんだろ？　話したりはしないのか？」

「必要最低限の会話しかしないよ。みんな親切で優しいけど、それは仕事だからだし、俺を怒らせたくないから気を張ってて雑談どころじゃないみたいでさ。さっきの平埜さんみたいな感じ」

「全員そうなのか？」

「誰だって呪われたくないでしょ」

「呪いって、おまえ……」

「それが一番しっくり来るじゃん。別に呪ってるつもりはないけど、結果だけ見たらそう思われても仕方ないってわかってるよ。本家だって持てあましてるでしょ。いまの世の中、呪いなんて一族の繁栄に役立たないし」

大昔のように、家の存続に関わる敵がいるわけではなく、ライバル企業の人間を呪ったところでかえって変な噂が立つだけだろう。だからこそ、三年以上も放っておかれているのだ。

やや自虐的だと、言ったそばから思ったが、口は止まらなかった。ずっと抱えてきた考えにもかかわらず、誰にも言えずに今日まで来たせいかもしれない。

「役に立つ立たないで、おまえを預かったわけじゃないはずだがな。それに自分で呪いって言うのもどうなんだ」

「どう言い繕《つくろ》ったところで、事実は変わらないでしょ。俺の感情が引き金になって、いろんな人を傷つけたのは間違いないんだし」

「だからこうやって隠棲《いんせい》してるのか」

「確実じゃん。人と接しなければ感情的になる可能性は低いしさ。実はニュースとかも詳しくは見てないよ。腹が立つような話も多いからさ」

ネット環境を整えなかった理由もそうだと告げると、隆衛は顔をしかめて深い溜め息をついた。呆《あき》れているような、あるいはやるせなさを感じているような、いくつもの感情が入り交じった表情をしていた。

「その場しのぎだな。心を殺したって根本的な解決にはならないぞ。そもそも一生怒るなってのも、おまえの年じゃ無理な話だ。生きてりゃ普通いろいろあるもんだ」

「……それはそうだけど……」

だからこそ、こうして他人との接触を避けてきたのだが、それが隆衛の言う「根本的な解決にならない」というのも理解していた。とりあえずの対処のまま来てしまっているだけなのだ。本家からも具体的な策は示されないままだ。

「一人で精神修行ってわけでもないんだろ。だったらもっと人と関われ。いまのままじゃ精神的に不安定なままだぞ。十五のときと比べてどうなんだ？　精神的に成長してるって自分で思うか？」

「……ほとんど止まってる……気がする……」

少しは落ち着いたとは思うが、劇的に変わったわけではない。考え方も変わっていないし、同じことがあればまた感情は激しく負の方向へと振れるはずだ。いまだに親友とも母親とも向きあえていないのも、消化できていないからだった。

「だからって、本家の人たちに迷惑はかけられないし、外へ行くのはマズいと思うし……」

「ちょっと聞きたいんだが、宏幸さんがいた頃はどうだったんだ？　わりと安定してたんじゃないのか？」

父親の名前を出されるだけでも、ほんの少し気分がほぐれた。

「安定してたっていうか……普通のガキだったよ。別に怒りっぽくはなかったけど、普通に友達とケンカしたりはしたし」

「もしいま、当時と同じように誰かとケンカをしたら、力は出ると思うか？」

「どうだろ……よくわかんないや。親友とのケンカは、たいてい意見のぶつかりあいだったから、理不尽なことじゃなかったし。でも当時は、精神的に不安定ってことはなかったと思う」

恋心を自覚して感情が乱れることはあったが、大きな波ではなかった。それに怒りだとか憤《いきどお》りといった感情とは無縁だったのだ。戸惑いと、自己嫌悪があるのみだった。

少し考えてから、隆衛は言った。

「とりあえず、安定を目指すってのはどうだ？　心の拠《よ》りどころとか、気持ちの余裕があれば、少しは違うだろうしな。プラスの力は感情的にもプラスのときに効力を発揮するものらしいから、逆もそうなんじゃないか、と思うんだが」

「俺が前向きだったり、幸せ感じてたりすれば、マイナスの力は出ない……？」

「その可能性は高いんじゃないか。昔、蔵にある本を見たらそんなようなことが書いてあったんだよ。一時期、気になって調べたことがあってな」

「その本、俺も見たい！」

目の前に光が差したようだった。本家に来て初めて、宏海は有益な情報を得たのだ。当主を始めとする人たちは、隔離という消極的な対策だけで改善に向けた策を取ろうとはしなかったからだ。宏海のために時間や労力を割《さ》くつもりはなかったのかもしれないし、宏海と話す機会を持ちたくなかったのかもしれない。

「一緒に探せよ」

「俺……母屋に近づいてもいいのかな……？」

「行動制限でもされてんのか？」

「いや、そういうわけじゃないけど、暗黙の了解というか……」

「だったら問題ないだろ。一応聞いてみて、明日にでも蔵に入るか」

「あの、許可がもらえるなら、俺一人でも大丈夫だけど」

「二人のほうが効率がいい。どうせヒマだしな」

にやりと笑う隆衛に、宏海は生返事をする。ふと彼が帰国した理由や、なにをしている人物なのかに興味を覚えたが、どうやって尋ねたらいいのかわからなくて聞くことはできなかった。以前だったら躊躇《ちゅうちょ》せず口にしていただろうが、三年も引きこもっているあいだに他人との距離感がつかめなくなっていたようだ。こんなに声を出したのも三年ぶりだった。

「どうした？」

「いや……その、久しぶりにいっぱいしゃべったなと思って」

そろそろ喉《のど》が嗄《か》れそうだと思いながら言うと、隆衛が呆れたような、あるいは痛ましいものを見るような顔をした。

「まずは人間関係の構築からだな。積極的に人と関わっていかないと、いつまでたっても社会復帰できないぞ」

「でも俺が人と関わって、相手に危害を加えたらどうすんの？」

「だからまず俺で練習しろってことだ。気に入らないことがあったら、なんでも言えよ。俺は大抵のことは平気だから遠慮するな」

曖昧《あいまい》に頷いて、宏海はコーヒーをいれた。ここにはインスタントしかなく、そのことに少し躊躇してしまった。隆衛のような男には、もっと本格的なコーヒーのほうがいい気がした。

挽いた豆と、きちんとした道具を揃えてもらおう。心に決めつつ、ちらりと隣に立つ男を見ると、彼はまたキッチンの設備をチェックし始めていて宏海の視線に気付いた様子はなかった。

隆衛の言うことは、とりあえず納得した。だが彼を信用したのか、といえば否《いな》だった。人当たりもいいし頼り甲斐もありそうだが、彼は勘当されたとはいえ当主の息子だ。ここに滞在すると言い出したことだって、思惑があるのかもしれない。厄介者をなんとかしたいと思った当主が、勘当したはずの息子を呼んだ可能性だってある。

(別にそれでもいいけど……)

隆衛の真意がどこにあろうと、宏海にとって害にならないことは確かだろう。持てあましている異能者が日常生活を送れるようになるならば、それは当人である宏海にとっても喜ばしいことだ。

それに隆衛との会話を心地いいと感じた自分がいたことも確かだった。こんなふうに感じるのは、何年ぶりだろうか。あるいは初めてかもしれない。かつては当たり前のように人と話していたから、心地いいとか悪いとかいったことなど考えたこともなかったからだ。

自然と隆衛の手に目が行った。

くしゃりと撫でられた感触が、さっきからずっと離れていかなかった。


三年ものあいだ、まったくと言っていいほど代わり映えしなかった宏海の生活は、劇的とも言える変化を遂《と》げた。

同じ家のなかで別の人間が生活するようになっただけ。言ってしまえばそれだけなのに、宏海には世界がひっくり返ったように思えて仕方なかった。

周囲が心配したような事態にはなっておらず、離れは実にゆったりとした穏《おだ》やかな時間が流れている。

まだ数日しかたっていないなんて信じられないくらいに、隆衛は宏海の生活に自然と溶け込んだ。まるでずっと前から一緒にいたようだった。

久しぶりに誰かと過ごす一日は、思いのほか楽しく、心地いいものだった。それは隆衛の言動や視線といった、さまざまなことが理由だろうから、相手が誰でも……ということではないのだろうが。

「ほら、こっちもいい感じだぞ」

朝起きたときから家のなかには人の気配があり、何気ない挨拶《あいさつ》をする相手がいる。コーヒーをいれるときは、二人分にするかどうかを考えるようになり、朝以外は向かいあって食事をするのが当たり前になった。

「おまえ、シイタケ嫌いか」

「……食べられなくはないけど……」

二人のあいだには鍋があり、ぐつぐつと具材が煮えている。今日は隆衛のリクエストの寄せ鍋で、さっきからずっと彼は宏海に口うるさく言っている。つくねや魚介ばかり食べるなとか、野菜を食べろとか、まるで子育て中の親のようだと思った。

黙ってシイタケをとんすいのなかに入れられて、思わず恨めしげな目を隆衛に向けてしまった。だからといって別に怒ったわけでも気分を害したわけでもない。むしろ失った関係を取り戻せたようで、少しだけ嬉しかった。

そのあたりがわかっているのだろう。隆衛は身がまえた様子もなく、ただ「食え」と言ってきた。こういうことは、いまに始まったことではなかった。

隆衛はなにかと宏海の生活に口を出してくる。もっと外へ出ろだとか、身だしなみに気を遣《つか》えだとか、栄養のバランスを考えた食事をしろだとか。

距離感を測るどころの騒ぎではなかった。戸惑うほどに踏み込まれ、それが少しもいやではないのが不思議なくらいだった。

「食べきれる気がしない……」

二人分にしては明らかに鍋は大きいし、具材も多い。宏海は小食ではないが、特別食べるというわけでもないし、隆衛も二十代後半の男性としてきわめて一般的な量しか食べない。間違いなく余るだろう。

「余ったら明日の昼だな。適当にリメイクするか」

「そのままじゃないんだ……」

「飽きるだろ」

食に対する欲求や執着というものが、隆衛は宏海よりもはるかに強いのだ。アメリカでずっと自炊していただけあって腕前もそれなりのもので、ここ最近ランチはほぼ隆衛が作ってくれている。他愛もない話のなかで、オムライスだとかナポリタンだとかいったものは本家の食事にないのだと言ったら、それらを作ってくれた。しかも美味《うま》かった。

ほかにも宅配ピザを頼んでみたり、近くの日本そば店から出前を取ってみたりと、食生活は一気に多様化した。以前の生活に近いとも言えた。

バランスのいい食事という意味でもそうだ。宏海は言われるまま我慢してシイタケを食べることになり、偏《かたよ》った食生活とはすっかり縁遠くなった。

食べきれなかった夕食の片付けを終えてキッチンからリビングに戻ると、一足先に戻っていた隆衛は夕方届いた彼宛《あて》の荷物を見ていた。届いてすぐに中身を確かめ、緊急性はないと判断したものだった。

同じ三人掛けのソファに少し距離を保って座ると、隆衛が顔を上げてまじまじと宏海を見た。

「なに？」

「いや、肌つやがよくなったなと思ってな。やっぱり偏食はよくないな」

やけに満足そうなのは、気のせいではないだろう。隆衛は宏海の生活や対人関係を正すことに強い意欲を抱いているようなのだ。

三年のあいだに、用意される食事は宏海の好きなものだけになっていたから、当然そこには偏りがあったわけだ。そうしてくれと言ったわけではないのだが、食べきれない量を持って来るから自然と好きなものばかりに手を付けることになって、だんだんと残したものが出てこなくなったのだった。

「……ちょっと太ったみたいなんだけど」

「おまえの場合は健康な状態に近づいてるって言うんだよ。そのうちウォーキングも功を奏してくるな」

庭というには広すぎる敷地を、宏海はほぼ毎日隆衛と歩かされている。庭が裏山に続いているから、トレッキングと言ってもいいかもしれない。まだ五日目だから筋肉が付いたかどうかなんてわからないが、三年間使わなかった筋肉がいまも痛いことには変わりない。それでも筋肉痛になった直後よりはずいぶんとマシだが。

　痛みの残るふくらはぎをさすっていると、急に大きな手が頰《ほお》に触れてきた。

「えっ」

　とっさに身体を後ろに引いて、まじまじと隆衛を見つめてしまう。反応が予想外だったのか、隆衛も少し驚いていた。

「あー、悪い。驚かせたか」

「な……なに」

「いや、肌荒れがどうなったかと思ってさ。さすがに若いな。つるつるだ」

「つるつるって……」

「そういうふうに言うよな？　あれ、すべすべか？」

「どっちも言うとは思うけど、なんか……」

「うん？」

「なんか、隆衛さんがすべすべとか言うと、いやらしい感じがする」

　思ったことを正直に口にしたら、隆衛はごほごほと咳《せ》き込んだ。噴《ふ》き出そうとして抑え込んだ結果、という様子だった。

大丈夫だろうかと黙って見ていると、落ち着いたらしい隆衛がじっと宏海を見つめた。

「核心を突いてくるな」

「は？」

「いや、なんでもない。そのうちわかるから気にするな」

今度は頭に手をやられて髪を乱されて、まるで子供のような扱いに戸惑うことになった。

隆衛はなにかとスキンシップが激しい。いまみたいに髪をぐしゃぐしゃにされたのも一度や二度ではなかった。

その隆衛はダンボールに入っていたＤＶＤを手にして、タイトルと内容を確かめている。少なくとも五枚は入っているようだ。

そういえば昔はよく、父親とＤＶＤを借りてきて見たものだった。唯一の趣味が映画鑑賞だった人だから、宏海はよく付きあって一緒に見ていた。

懐かしさが込み上げる。

（でも……お父さんとは、やっぱり違う……）

確かに一緒にいると安心はするが、隆衛の場合は少し落ち着かない気分にもなるのだ。矛盾するようだが、実際そうなのだから仕方ない。

見つめている先で、隆衛は新たに一冊の雑誌を取り出した。メンズファッション誌だ。

「え……そういうの見んの？　っていうか、微妙に年代とか路線とかあわなくない？」

その雑誌は宏海も知っているもので、十代後半から二十代前半をターゲットにしたものだ。しかも明らかに隆衛とは雰囲気が違う。

もしかして本当はこの手の——渋谷《しぶや》あたりでよく見かけそうなファッションが好きなのだろうか。どう見てもイタリアあたりのブランドのほうが似合いそうなのだが。

「俺の趣味じゃないからな」

察したようにそう言って、隆衛は雑誌を捲《めく》った。そして目当てのページを見つけると、宏海の前に置いて一人のモデルを指さした。

「弟だ」

「え……？　え、えええっ……！」

思わず素《す》っ頓狂《とんきょう》な声を上げて隆衛の顔を見たあと、勢いよく誌面に目を戻す。

モード系の服に身を包んでポーズを取っているのは、二十歳そこそこと思われるいまどきの青年だった。アッシュブラウンに染めたふわっとした髪が甘めの顔立ちによく似合っている。かといって女顔というわけでもなく、はっきり言ってしまえば「チャラそうな美青年」だった。

じっとその顔を見つめてから、隆衛をあらためて見た。

「似てない」

「だろ？　こいつと妹が、だいたい同じ顔なんだよ。ちなみに俺と兄はわりと似てる。父親似と母親似に分かれた感じだな」

「……そうか、弟もいたんだっけ……」

三年もここに住んでいながら、宏海は小田桐家の家族構成すら知らない。知っていたのは当主の妻がすでに亡くなっていて、跡取りの長男のほかに何人か子供がいる、という程度だったのだ。宏海からもあえて聞こうとはしなかったし、誰も教えようとはしなかったからだ。

「弟はいま二十歳で大学生だ。読者モデルとかいうやつらしいな。妹は俺の三つ下だ。十九で結婚して、もう五歳の子供がいるぞ」

この三男は高校から全寮制の学校に入り、大学に入ってからは都内のマンションで一人暮らしをしていて、正月くらいしか本家に戻ってこないという。隆衛が直接知っていることではなく、家の者からそう聞いたそうだ。

「旧家って、こういうのに厳しいんだと思ってた」

「小田桐関係の会社には入らないっていう意思表示だろうな。俺以上に自由人というか、自由に憧れているというか……あんまり接触はないから、ほとんど推測だがな」

「接触ないんだ？」

「十年前に渡米して、ほとんど戻らなかったんだ。単純に会う機会がなかったんだよ。たぶん俺の連絡先がわからなかったんじゃないか。で、戻ってきた途端にこういうことになってる」

送られてきたダンボールをちらりと見て、隆衛は苦笑をこぼした。どうやら弟が自分の載った雑誌を送りつけてきたようだ。

兄弟仲は悪くないのだろう。少なくとも十年のブランクを埋めようという気概が弟から強く感じられる。

「弟さんって別に勘当されてないんだよね？」

「ああ」

「そっか……モデルはやってもいいのか……」

ふと疑問に思ったのは、隆衛は一体なにをやらかして勘当に至ったのか、ということだった。デリケートな問題だといけないので宏海からは尋ねていないし、隆衛もいまのところ語ろうとはしない。たんに機会がなかっただけかもしれないが。

いまの流れで話してくれないかと期待したが、結局隆衛がそのことについて口を開くことはなく、好きなファッションの話へと会話は移っていった。

蔵のなかから見つけ出した書物——古文書と言ってもいいくらいの代物だ——に、今日も宏海は一通り目を通した。

何度読んでも内容は変わらないし、新しい発見があるわけではないのだが、内容を自分のなかへ刻みつける意味でそうしている。

隆衛が来た翌日に蔵から見つけ出したこの書物には、小田桐家の者が持つ力のことが書かれている。推測を交えたものだが、実例も挙げられていて、現存する資料のなかでは最も実用的ではないか、と隆衛は言っていた。

もちろん持ち出すに当たり、当主の許可は取ってある。小田桐家にとって都合の悪いものではないらしく、実際にいいことばかりが書いてあった。いかに繁栄をもたらしたか、関係の深い相手の武運が上がったか、具体例はそんなことばかりだった。

だがそのなかに、負の力を持つ者も存在すると記載があった。作用する力が違うだけで、あとは正の力と同じだと書いてある。

結論から言うと、やはりコントロールできるようなものではないようだ。能力者の精神状態や感情次第ということだった。うろ覚えだと言った隆衛の言葉通りだったわけだ。

傷《いた》まないように注意してテーブルに置いてから、ふと隆衛の存在を思い出した。長いソファで横になってスマートフォンをいじっていたはずの彼は、いつの間にか眠ってしまったようだった。ずいぶんと前からそうだったらしいが、集中していた宏海はまったく気付かなかった。

「……隆衛さん？」

そっと呼びかけてみるが、反応はない。気配に鈍いほうではないはずだが、いまはぴくりともしなかった。

かなり幅のあるソファのはずなのに長い脚ははみ出していて、あらためて隆衛が長身であることがわかる。体格も男として羨《うらや》ましいほどだ。いまだに見たことはないが、スーツを身に纏《まと》ってネクタイをきっちりと締めたら、さぞかし格好いいのだろう。

「や、いつも格好いいけどさ……」

頭のなかで呟いたはずが声になっていて、さすがに慌てた。当の本人に聞かれていたら、恥ずかしくて身悶《みもだ》えてしまいそうだった。

幸いなことに、隆衛はまったく動いていない。狸《たぬき》寝入りの可能性もゼロではないが、呼吸の感じから寝入っている可能性が高そうだ。

隆衛はとにかく気負いを感じさせない振る舞いをする。家族でも友人でもない、危険人物として隔離されているような宏海の前でも、こんなふうに無防備に眠ってしまうし、なにかと力が抜けていることが多い。

気を許されているようで嬉しいし、こんなふうに自分の前で眠ってしまう姿に、なぜか胸の奥がきゅっと締め付けられる気がして仕方なかった。

隆衛との生活は楽しいが、いつか終わりが来るのだと思うと寂しくて仕方なくなる。

一時的な帰国なのか、そうでないのかも、宏海は知らない。聞くチャンスなどいくらでもあるのに、怖くて聞けないのだ。

寝顔を見つめながら一人で悶々《もんもん》としたり、動揺したりしているうちに、訪問者を告げるインターフォンが鳴り響いた。

ぱっと隆衛は目を開けた。

「……荷物か」

この時間に誰かが仕事に来ることはない。あるとすれば、隆衛が言ったように荷物が届いたときだけだ。個人的な用事ならば、隆衛の携帯電話にかかってくるはずだった。

出て行こうとする宏海を制し、隆衛は玄関へ向かった。

しばらくして戻ってきた隆衛の手には、そう大きくはないダンボールがあった。かなり軽そうなものだ。

「また弟さん？」

「いや、昨日出かけたときに買ったやつ」

宏海と違い、隆衛はここに籠《こ》もりきりというわけではない。呼び出しがあれば母屋へ行くし、仕事かなにかで外出することもある。昨日もそうだった。

隣に戻ってきてすぐに箱が開けられる。入っていたのは数着の服だった。取り出すのを見て、素直に思ったことを言った。

「えー、なんか隆衛さんっぽくない」

「それはそうだろ。おまえのだからな」

「はっ？」

顔を見つめて、それから服に目をやった。確かに先日、ファッション誌を見ながら好きだと言った傾向の服ばかりだった。

「出かけるときのために少しは持ってないとな。ここ一年、まったく服を買ってないんだって？」

渡された服はシャツとニットが一着ずつに、カットソーが二着、ボトムが二本とコートが一着だった。値札などはすべて取られていた。

「足りない分は、そのうち外へ出たら買おうな」

「え、でも……」

服のブランドは宏海でも知っているもので、けっして安くはないはずだった。買い取れと言われても困るし、ただでやると言われても困る代物だ。

そもそも宏海は居候《いそうろう》のようなもので、父親のわずかばかりの遺産はあるものの、当主には最初にそれを使うことはないからと言われてしまった。たとえ遺産を使ったところで、離れのリフォームと三年間の生活費諸々《もろもろ》で、その額を軽く超えているはずだったが。

父親が分家の出とはいえ、小田桐家は遠い親類でしかない。こうして生活のいっさいを面倒見てもらっていることも心苦しいくらいなのに。

服を手に困惑していると、苦笑まじりに溜め息をつかれてしまった。

「おまえのことは、本家の義務だ。一族の人間のことは守らなきゃいけないし、なにかあれば助けるのは当然だろ。もちろん闇雲《やみくも》に手を差し出すわけじゃないが……」

隆衛は宏海の心情を見透かしたようなことを言い、またくしゃりと髪をかき乱した。

ようは子供扱いなのかと、気落ちしている自分がいて、宏海は戸惑った。

隆衛にとって宏海は庇護《ひご》しなければならない存在なのだろう。それは小田桐家の直系という立場によるものかもしれないし、宏海があまりにも頼りないせいかもしれない。

「俺って、やっぱり危なっかしい？」

「まだ不安定なのは確かだな」

「自分じゃ結構落ち着いたつもりなんだけど」

「俺とここで暮らしてる分にはな」

いつまでも続く生活ではない、と暗に言われた気がした。わかっていたことだが、ひどく胸が痛んだ。

ずっと隆衛とこうしていられたらいいのに。特別な関係なんて望んでいない。いまのままで充分だから、この先もずっと隆衛が誰のものにもならずに自分だけと向きあってくれたら、こんなに幸せなことはないだろう。

無理な望みだということも、それが自分だけの思いだということも、いやというほどわかっていた。

「隆衛さんって、俺と暮らしてて疲れたりしないの？」

「別に。俺は俺で、好きにやってるからな。おまえの機嫌を取ろうなんて考えたこともないし。余計な気をまわすな」

頭を小突かれて、思わず手でそこを押さえたが、ただのポーズだ。痛くも痒《かゆ》くもなかった。

何気ないそんな接触にすら変に意識してしまう自分がいて、内心ではかなり戸惑ってはいたけれども。

「……気をまわしてるつもりはないけど、なんでこんなによくしてくれるのかな、ってのは思うよ。やっぱ義務感？」

「したいから、としか言いようがないな」

「もしかして、お父さんの……吉佐宏幸の子供だから、よくしてくれてる？」

「そっちはゼロじゃないかな。とりあえず最初は、宏幸さんの忘れ形見ってのがかなりのプラス要素だった。いまは違うぞ。おまえが気に入ってるからだ」

「……それ、弟みたいな感じとか？」

考えられるのはそれしかなかった。宏海は自分と隆衛のあいだに、友人関係が生まれるとはまったく思っていないからだ。想像自体ができなかった。

「弟なら本物がいるから間に合ってるよ。それに、あいつになにか買ってやったことなんてないからな」

「じゃあどうして……」

「だから、したいから……だ」

繰り返される答えは、宏海にとって納得のいくものではなかった。どうして「したい」と思うのか、先が知りたいのだ。

隆衛はなにも言わず、ただ宏海の頬に手を添えると、額に軽く唇を押し当ててきた。

すぐに唇を離した彼を、茫然と見つめることしかできなかった。言葉も出なかったし、動くこともできなかった。

「…………」

かなりしばらくたってから、カッと頬が熱くなるのがわかった。見つめあっていたのが急に恥ずかしくなって目をそらし、どうしたらいいのかわからずに、ただうろたえた。

いまのはなんだろう。キスだということはわかるが、意味と言おうか意図と言おうか、とにかくした理由がわからなかった。

まさかという思いもあったが、そんなはずがないという気持ちもある。隆衛は十年ほどアメリカにいたのだし、この手のことでアメリカナイズされていても不思議ではない。

きっとそうだ。相手に不自由しなさそうな隆衛が、よりによって自分なんか対象にするはずがないのだから。

「試着してみろよ。サイズがあわなかったら取り替えるから」

たったいまのことなどなかったように隆衛は服を差し出した。

宏海はこくこくと頷いて、服を手に立ち上がる。この場を離れられるならば、どんな理由でも、わずかな時間でもかまわなかった。

追ってくる視線を感じながら、リビングルームを出た。完全に隆衛の視界から外れたと確信できたところで足を止めて、詰めていた息をそろりと吐き出す。

心臓がばくばくと騒いでいた。

十八歳にもなって、たかが額のキスでこんなに動揺する自分が情けなかったが、一方で仕方ないとも思った。

かつて親友に恋をしていた宏海は、同性が恋愛対象になることを身をもって知っている。だが雄介への思いだけが特別で、それ以外の同性を意識したことはなかったし、興味もなかったのだ。なのにその確信はすでに揺らいでいた。


なかなか寝付けなった夜が明け、いつものように一日が始まった。

睡眠時間が短くても、だいたい同じ時間に目が覚めるのだから体内時計は正確に働いているらしい。頭はすっきりしないが、気分が悪いというほどでもなかった。

あのキスの意味を、ずっと考えていた。というよりも、頭から離れていかなかった。

我に返って目をそらしてから、まだ一度も視線をあわせていないのだ。宏海の様子に気付いていないはずはないのに、隆衛はなにも言わなかった。

溜め息が静かな室内に大きく響いた。

シャワーでも浴びてすっきりしようと、着替えを持って部屋を出た。

ぼんやりして歩いていたせいか、目の前でドアが開くまで、脱衣所に着いていたことさえ気付いていなかった。

「っ……」

我に返ると、目の前に裸体があった。といっても全裸ではない。上半身だけを晒《さら》し、髪をタオルで拭《ふ》きながら出て来ようとしていた隆衛だった。

思っていた通り、鍛《きた》えられつつも無駄のない身体だ。腹筋は割れているが、ボディビルダーのような肉体ではなく、アスリートのようなそれだ。

かつての親友も運動部に属していただけあって、宏海とは比べものにならないほどいい身体をしていると思っていたが、大人の男とはまったく種類が違うものだった。身体は大きくても結局は中学生だったということだ。完成されてはいなかったし、そもそも色気というものがなかった。

「おまえもシャワーか」

「う……うん……」

慌てて目をそらし、挙動不審を気取《けど》られまいと、必死で表情を取り繕った。だが顔が赤らんでいる自覚はあったから、無駄かもしれないとも思っていた。

指摘されてもおかしくない状況なのに、隆衛はまるで気付いていないような態度だ。

「せいぜい十分くらいだろ？　朝メシの用意しておくよ」

後ろ姿を見送るだけで、宏海からはなにも言わなかった。言葉が見つからなかったからだ。

熱いシャワーを浴びて出て行くと、ダイニングテーブルには朝食の用意ができていた。いつもながら手早い。

以前は無駄な大きさに思えた四人掛けのダイニングテーブルに向かいあって座り、挨拶をして食べ始める。

すると訪問者を告げるインターフォンが鳴った。

「誰だ、朝っぱらから」

隆衛が迷惑そうな顔をしたのは仕方ない。掃除や届けもののために訪れる人たちは、どんなに早いときでも十時過ぎに来るからだ。

玄関へ出て行った隆衛に食べているように言われたので、おとなしくジャムをたっぷり塗ったトーストをかじることにした。スクランブルエッグとベーコン、冷凍庫にあったミネストローネという朝食は、以前の宏海なら立派すぎて戸惑っただろうが、たかが二週間のうちに当たり前になってしまった。

同じように隆衛の存在にも慣れて、むしろ依存しつつあるような気がして、終わりのときを考えるのがいやになった。

「……なんだろ……」

隆衛が戻ってこないし、心なしか騒がしい気がした。スープの具を食べながら、宏海は意識を玄関のほうへと向ける。

様子を見に行ってみようか。そう思ったとき、足音が近づいてきた。

変だなと思ったのは、その足音がいつもと違って聞こえたからだ。正確に言うと、隆衛に大きな足音を立てないから違和感を覚えたのだ。

困惑しつつも諦めた顔で現れた隆衛に続き、同じくらいの背丈だがひょろりとした青年が現れた。

「あ……」

見たことがある顔だった。会うのは初めてだが、つい先日誌面を通して一方的に見た隆衛の弟だ。残念ながら名前は忘れた。

雑誌で見たときよりもおとなしめだが、派手で目立つ風貌《ふうぼう》であることは間違いなかった。整った顔が、じろじろと値踏みでもするように宏海を見つめている。

「宏海、弟の友衛《ともえ》だ。年も近いし、まぁ仲よくやってくれ」

「どーも。迷惑はかけないからさ、そっちも干渉しないでよ」

友衛はにこりともせず、むしろ挑《いど》むような態度で見下ろしてくる。まったく友好的ではない態度がかえって新鮮で、唖然としてただ見上げることになってしまった。

「おまえ、初対面でそれはないだろう。しかもここの居住権は宏海にあるんだぞ」

「だってずるいじゃん！　なんで弟の俺を差し置いて、こいつが兄貴と一緒に住んでんのっ？　そんな話、ついさっき聞いたんだけど！　こいつって三年前からいるっていうじゃん！　それだってさっき聞いたし！」

「教えなかったのは親父《おやじ》の判断で、俺のせいじゃないぞ」

「帰ってきてから何度もメールとか電話とかしたじゃん！　なんでそんとき教えてくんなかったんだよっ」

つかみかからんばかりの友衛だが、その態度はどこからどう見ても甘えに由来しているもので、承知しているらしい隆衛も軽くあしらっている。

どうやら「お兄ちゃん子」らしい。宏海への態度も、大好きな兄を取られたような気持ちだったのだろう。そう思うと微笑《ほほえ》ましくて、さっきの挑戦的な態度を責めることもできなかった。

その気持ちが顔に出ていたらしく、はっと気付いた友衛はダイニングテーブルにバンと手を突いた。

「なにその生温かい目！　言っとくけど、俺はブラコンとかじゃないからね！」

「え……」

「え、じゃない！　確かに憧れてる部分はあるけど、それは成功者としてだから。俺も小田桐家から離れて起業してみたいって気持ちあるからさ、そういう意味での興味みたいなもので、断じて兄貴としてどうこうじゃないから！」

「いやでも、さっき弟の俺を差し置いて、とか言ってたじゃん」

「そ……それは、あれだよ。実際兄弟だし、ってことで」

「……ああ」

あからさまに動揺している友衛が気の毒に思えてきたので、宏海は適当に同意したようなことを言って引き下がった。正直なところ、友衛の発言は意味がわからなかったが、きっと彼自身もなにを言っているのかわかっていないのだろう。

見守っていた隆衛が笑いをこらえているのが見えた。

「とにかく、今日からよろしく！」

「は？」

「俺もここに住むから。いつまでかはわからないけどね」

「ちょっ……」

思わず隆衛の顔を見ると、仕方なさそうに肩を竦《すく》められた。つまり隆衛は拒否する気も説得する気もないということだ。

あり得ない。隆衛は一応勘当されているが、友衛はれっきとした小田桐家の人間だ。当主が許すとは思えなかった。

「それって勝手に言ってるだけでしょ？　だめって言われると思うよ？」

「兄貴がＯＫなんだから、俺だっていいはず」

「小田桐家の直系なら、力のことだって知ってるんだろ？」

「ああ、あれね。一応おまえのことも聞いたけど、それがなに？　言っておくけど、俺はそういうの信じてないから。たまたまうちの先祖がやたらと運よくて、信心深いやつらが特別なんだとか言い出しただけだろ」

友衛はけろりとして言い放った。リアリストなのか、ただ小田桐家への反発心なのか、いずれにしても真っ向から力を否定したいらしい。

どうしたらいいのだろうか。意見を求めてもう一度隆衛を見ると、彼はなにごともなかったように食卓に着いて食事を再開した。

「好きにさせればいいんじゃないか。部屋は空いてるしな」

「どこ空いてんの？」

「玄関入ってすぐ左だ」

「OK、OK。じゃ、荷物持って来るね」

「その前に一応親父に言っておけ。反対されても俺はなにもしないからな」

「わかってるって」

嵐のように友衛が去っていくと、離れにはもとの静寂が戻ってきた。

結局、宏海は意見すらろくに言わせてもらえなかった。聞かれたところで答えなかっただろうから、どのみち同じことなのだが。

「悪かったな」

「あー……いや、それは別に。でも、やっぱマズいんじゃないかなぁ。俺、あの人と衝突するかもしれないよ」

「ブラコンが嫉妬《しっと》して絡んでくる、とでも思って、適当にあしらってくれ。なにか言うかもしれないが、本気になる必要はないからな。おまえのことは嫌いじゃないと思うし」

「え、でも……」

「あれは勝手にライバル視してただけだ。俺が自分以外を弟分としてかまってると思ってるんだろ」

「やっぱりブラコンなんだ」

「あいつが言ったことも、嘘じゃないんだろうけどな」

「……ライバル視ね」

ぴったりの言葉だ。しかもそこには、じめっとした感情はなかった。これまで持ったことがない、不思議な関係になりそうな予感がして、にわかにわくわくしてきた。

考えてみれば年の近い人間と話したのも三年ぶりだ。

「ちょっとおもしろそうだろ？」

「うん」

「やっぱ刺激がないとな。俺と二人だけで生活してても、対人スキルを上げるのは無理だろうし」

「……そうかも」

隆衛は大人だし、器《うつわ》もこの年にしてはかなり大きいほうだと思うから、宏海が言ったりやったりすることをことごとく受け入れてしまえる。だが世の中は彼のような大人ばかりじゃない。年齢的には成人であっても、ともすれば老人と言えるような年であっても、まるで子供のように道理がわからずに身勝手な人間はいるものだ。

宏海もまた、感情に強く翻弄《ほんろう》される子供だという自覚はあった。

「そんなに長くはいないだろうから、少し我慢してくれ。家でじっとしているタイプじゃないしな。気がすんだらマンションに戻るだろ」

隆衛の口ぶりは、自分がここに居続けることを前提としているようだった。だったらいいのに、とひそかに思ったが、その感情の正体がなんなのかは考えないことにした。

一人でひっそりと暮らしていたのが嘘のようだった。

増えた二人目のおかげで、離れは朝から晩まで大層にぎやかだ。いや、友衛は朝が遅いので、昼前くらいから一気にうるさくなるのだが。

「フレンチトーストって好きなんだよね。卵の感じとか、超いい。なかまで染みこんでないチープな感じが好き」

「……どーも」

褒《ほ》められたのか貶《けな》されたのかわからない微妙な感想だ。そもそも昼少し前に起きてきて、おはようの挨拶より先に「フレンチトースト作って」だったのだ。残念なことに友衛が起きてくる三十分前に隆衛は出かけてしまい、宏海は一人でこの大きな子供の相手をするはめになってしまった。

そう、友衛は大きな子供のようだった。一応は大学生だが、どうやらサボりがちのようで、午前中は行くことがあまりないらしい。一人暮らしをしているわりには自らキッチンに立つこともなく、今日のように人に作らせて自分は食べるだけだった。隆衛にも同じようなことをして作ってもらい、かなり喜んでいるのだ。

そして後片付けもしないし、自分の部屋を掃除することもない。とにかく彼はなにもしない人だった。出したものは出しっ放しで、脱いだ服さえそのままだ。電気もつけっ放しだし、水も出しっ放しのことがある。せっかく三人分の夕食が届けられても、いまはゲームがしたいからと言って食べないことだってあった。さすがに隆衛が見かねて鉄槌《てっつい》を落としていたが。

初対面のときの「干渉するな」を鼻で笑ってやりたいくらいに、幼児並みに手がかかる男。それが友衛だった。

もはやモデルのイメージはない。ファッション誌のなかで、ポーズも顔も決めているのを見ると、噴き出してしまいそうになるほどだ。

「なんかさぁ、もう友衛が載ってる雑誌、笑えてまともに読めないんだけど」

「トモ兄」

「は？」

思わず眉をひそめると、びしりとフォークを鼻先に向けられた。腕が長いと、案外近くまで届いてしまうものらしい。

「俺のことはトモ兄って呼べって言ったじゃん。お兄ちゃんでも可」

「いやだ」

どうしてこんなに手間ばかりかかって頼りにならない相手を兄と呼ばねばならないのか。視線にそんな気持ちを込めてみたら、ひどく不服そうな顔をされた。ぶつぶつ文句も言っているが、聞き流すことにした。

「……どうでもいいけどさ、フレンチトースト食べながらカップ麺《めん》って微妙じゃないか？」

「どっちも食べたかったんだよ」

「あ、そう」

メープルシロップ添えのフレンチトーストの横には、カップうどんが湯気を立てている。関東向けでも関西向けでもなく、北海道限定なのがこだわりらしい。宏海も一度もらって食べたことがある。味の違いはよくわからなかったが、カップ麺自体が数年ぶりのことだったので、ひどく懐かしい気持ちになったものだった。

友衛が来てから、さらに食生活は変化した。カップ麺やレンジフード、あるいはスナック菓子といったジャンクなものが当たり前に登場するようになったのだ。

そしてたった一日で、宏海に対する友衛の態度も変わった。理由はわからないが、ライバル視から一気に弟扱いになった。彼は末っ子だったので、兄という立場に憧れがあったらしい。ただし、いまのところ兄らしい振る舞いはない。

ずるずると麵をすすってから、ふと思いついたように友衛は顔を上げた。

「兄貴、何時に帰ってくるって？」

「夕方だって」

「ふーん。じゃ、仕事か。本社に行ったのかな」

「……隆衛さんって、いまどういうポジション？」

本人にはなかなか聞けないことだが、友衛にならば話は振れる。ましてこの流れならば、さほど不自然ではないだろう。現に友衛は気にとめた様子もなく口を開いた。

「技術者として招聘《しょうへい》された……的な感じらしいよ。向こうの会社は、もう人に譲ってきちゃったんだってさ。当分日本でやるんじゃないかな。会社を立ち上げるかどうかは知らないけど」

「譲る……？」

「社員ごと、まるっと。あれ、もしかしてそのへんの話、聞いてない？」

「あんまり仕事とか向こうの話は……」

「ふーん。じゃ、あれは？　勘当された理由とか、そういうのは？」

「それも聞いてない」

「みっともないから言いたくないんだな、きっと」

にやにやと笑い、友衛はスープごと飲み干してフォークと器を置いた。とっくにフレンチトーストはなくなっている。シロップがついたフォークでそのままカップ麵を食べる味覚が理解できないが、言われた通り干渉しないことにした。

友衛は身を乗り出し、必要もないのに声をひそめた。

「高校のときに、やんちゃしたんだよね」

「……やんちゃ、って……？」

「許嫁《いいなずけ》がいたのに破談にした上に、別の女関係がもとでケンカふっかけられて、あやうく警察沙汰《ざた》。それは親父が抑えたけど、兄貴は脇腹を何針か縫ったはず。で、示しがつかないってんで、分家にやられたわけ」

「…………」

いろいろと衝撃的で、宏海は黙りこんでしまった。許嫁だの女関係という部分に、胸の奥が反応している。

いやな感じだ。もやもやとして、どろどろして、ひどく気分が悪い。

そんな宏海をよそに、友衛は話を続けていく。

「留学は兄さん……えーと、つまり長男の援助で行ったんだってさ。まさか十年帰ってこないとは思わなかったって言ってたよ」

隆衛は在学中からシリコンバレーの企業に籍を置き、五年のあいだに三社を渡り歩いた末に起業したという。そして起業してから三年たったつい先日、会社を他人に譲って帰国したらしい。向こうで成功したので、小田桐家の敷居をまたぐことも許されたようだ。

「兄貴が言うには、いまは充電期間中なんだってさ。そのわりに仕事に行ってるよね」

「準備……？」

「たぶん、そんな感じ。でも小田桐関係の社員にはならないとも言ってたよ。そのへんは、やっぱ兄貴だよね。縛られたくないってのは変わらないみたい。わかるなぁ」

うんうんと頷いて、友衛はすっかり冷めたコーヒーを飲んでいる。寛《くつろ》いでいるというより、もはやだらけているが、これが外へ出るとがらりと雰囲気が変わって、モデルの顔になるらしい。

ふと時計を見て、宏海は目を瞠《みは》った。

「一時集合とか言ってなかったっけ？」

いつものことながら騒がしい。顔も似ていないし、本当に隆衛の弟なのかと疑いたくなるほど落ち着きがない。

「やべっ」

まだシャワーも浴びていないと騒いで、友衛はバスルームへ走って行った。

友衛がいなくなったダイニングキッチンで皿を洗いながらも、考えてしまうのはさっきの話だ。許嫁という存在は、本当にもう関係がないのだろうか。当主に認められたことで、話がふたたび上がったりはしないのだろうか。そしてトラブルの原因となったという女性の存在――。十年以上も前のことだから続いているとは考えにくいが、気にしないではいられなかった。

ついた溜め息は水音にかき消されていき、いまの宏海の顔を見る者もいない。

皿洗いを終えたあともぼんやりと流し台の前に突っ立っていると、早くも戻ってきた友衛に声をかけられ、我に返った。

「どーした？」

「なんでもない。早いじゃん」

振り返ると友衛は上半身裸で、ごしごしと髪を拭いていた。いつぞやの隆衛と似たようなシチュエーションだが、宏海はあのときと違って至極冷静だ。

さすがにモデルをやっているだけあって、すらりとしつつもいい身体をしている。目指すのに現実的なのはこっちだな、なんて考える余裕もあった。

「帰り、何時になるかわかんないから、連絡するー……って兄貴に言っといて」

「わかった」

「宏ちゃんもケータイ持てばいいのに。スマフォ、買ってきてあげようか？」

「いいよ」

「言いたくないけど、おまえの生活って異常だよ？　あんな迷信に振りまわされてるなんてヤバいだろ。兄貴もなに考えてんのかな。さっさと外へ連れ出せばいいのに。思ってたより、うちの風習みたいのに染まってんのな」

友衛は落胆した様子を滲ませ、小さく溜め息をついた。きっと彼にとって隆衛は自由の象徴みたいなもので、家に縛られない存在としての憧れが強いのだろう。だからといってそれで幻滅しているという感じではなかった。

「ねぇ、今度一緒に遊びに行こうよ。服買ったりとかさ」

「……ごめん。まだ、いいや」

いずれ外へ出るときは来るだろうが、まだ自信がなかった。視線を下げると、仕方なさそうな溜め息が聞こえた。

間もなく友衛が出かけていくと、久しぶりに離れには宏海しかいなくなった。静まりかえった家のなかが、やけに寒々しく、そして広く感じられた。

三年もこうやって一人で過ごしていたなんて考えられない。また一人に戻ったら、どのくらいで慣れるのだろうか。

なにをする気にもなれなくて、リビングのソファで座りこんでいるうちに、無駄に時間は過ぎていった。そのあいだずっと、頭のなかには友衛の言葉がぐるぐるとまわっていた。

「ただいま」

ふいに聞こえてきた隆衛の声に、宏海はあやうくソファから飛び上がりそうになった。

「っ……あ……お、おかえり……」

「どうした？　なにかあったのか？」

「別に。ちょっと、ぼーっとしてただけ」

そうは言ってみたものの、普段と違うのは確かだから、隆衛も納得はしていないようだ。

「友衛から俺の話を聞いたんだってな」

どうやらメールで報告を受けたらしい。気分を害した様子もなく、彼は宏海の隣に座った。だからといって、それが隆衛の本心だとは限らないだろう。彼は大人だから、不快に思ったとしてもそれを不機嫌な態度として出すことはしないはずだ。

　隆衛はじっと宏海の顔を見つめた。いつになく座った位置が近かった。

「ちょっと、言い訳してもいいか」

「言い訳？」

「俺の『やんちゃ』してたときのことだ」

「あ、うん……」

「まずは、許嫁な。あれは親同士が決めたことで、どっちも最初から結婚する気なんてなかったし、向こうに彼氏ができたから、いいタイミングだと思って俺から破談を申し入れたんだ。向こうも納得の上だ。むしろそのほうが都合がいいって言ってな。向こうはその相手と駆け落ち同然に結婚して、子供もいる」

　一気に言って、隆衛は宏海の様子を窺《うかが》うようなそぶりを見せた。言い訳をしたいというのは本気のようだった。

「……トラブルになった女の人って？」

「言っとくが彼女だったわけじゃないぞ。彼氏のいる女が俺に近づいてきて、その彼氏が勝手に逆上したってだけだ。女の心変わりや浮気を俺のせいにされてトラブルになったことが、何度かあったな。女難の相でも出てるのかもな」

苦笑まじりのそれがどこまで本当かは不明だが、少なくとも苦い笑みがこぼれるくらいの面倒があったことは確かのようだ。

隆衛曰《いわ》く、女性と付きあうと真剣だろうがなかろうがトラブルが起きるらしい。

「じゃあ、もう婚約者はいないんだ？」

「俺にはな」

「え？」

「友衛にはいるぞ。ただ、話が出てるだけで進んでない。彼女はいるらしいが……どこまで本気なんだろうな。妹に聞いたところによると、常に何人か彼女っぽい相手がいるらしいぞ」

「……最低じゃん」

そういった付き合いが心底嫌いな宏海は、思わず顔をしかめてしまった。だがそれは行為に対する憤りであって、友衛だからどうこうというものではなかった。友衛に彼女がいようがいまいが、まったく気にならなかった。せいぜい、どんな子なのかなと思う程度だ。

「俺は一途《いちず》だからな。二股は絶対にかけないし、自分で言うのもなんだが誠実だぞ」

「……そうなんだ」

なるべく感情が籠もらないように言うと、隆衛は苦笑を漏らした。

「アピールが通じてないな……」

「え？」

「こっちの話。まぁ、時期尚早《しょうそう》ってやつだ」

よくわからないことを言って、隆衛は宏海の額を指で軽く突いてリビングを出て行った。そういえばスーツ姿だったから、きっと着替えてくるのだろう。

宏海はぼんやりと見送ってから、そっと自分の額に指先をやった。


普段かけないメガネをかけた友衛がリビングに現れたとき、いやな予感が宏海の胸をよぎった。

「おいでおいで」

「いやだ」

反射的にそう答えたのは仕方ないことだった。なにしろ友衛は意味ありげな笑み――というよりも、隠しきれないにやけ顔で、手振りまで付けているのだ。

「そんなこと言わずさぁ、おしゃれしようよ。大丈夫！　スタイリストは俺だから、完璧《かんぺき》だから！」

「……聞きたくないけど……してどうすんの」

「決まってるじゃん。おしゃれしたら、出かけるんだよ。おしゃれしたあと料理したり風呂入ったりする人はあんまりいないよね」

「却下《きゃっか》。無理！」

先日の話はあれで終わったわけではなかったのかと、宏海はかぶりを振りつつ拒絶した。だが今度は引き下がってくれず、友衛はじりじりと近づいてくる。

「ちょっ……」

「青山《あおやま》あたりでふらふらして、買いものして、いい感じのカフェに入ろうよ」

「だから無理だって」

「大丈夫、大丈夫。怖くないよー、全然怖くないよー。俺たちが付いてるからねー、なにかあっても守ってあげるからねー」

「友衛が思ってるのと違うからな。別に俺、外が怖くてここにいるわけじゃないから！」

けっして人が怖いわけでも、社会が怖いわけでもない。宏海はただ力の発動を恐れているだけだ。

だが友衛は理解してくれなかった。

ましていまは、宏海を連れ出すということのみに意識が向かっている。まるで隠れてしまった子供を宥《なだ》めすかして連れ出そうとでもしているようだ。

「だからトモ兄って呼んでって言ってるじゃん」

「まったく、なにを手こずってるんだ」

「あー、いやそれが怯えちゃって、巣穴から出て来ないんだよね」

「怯えてないし、巣穴とか言うなっ！」

隆衛も共犯者だったことに衝撃を受けながらも、きちんと否定と突っ込みだけはしておいた。

目があうと、隆衛はふっと優しげに微笑んで言った。

「ちょっと外へ出てみないか」

「……自信ない」

「移動は車だし、俺と友衛がいる。もしおまえが心配するようなことが起きても、必ず止めてやる。力が出ても、ケガ人は出させないから。ストッパーがいれば少しは安心じゃないか？　それにずいぶんと落ち着いてきたように見えるけどな。友衛ともうまくやってるし」

「それは友衛が腹立つようなことしないからだし」

「いや、客観的に考えて、ムカついても不思議じゃないようなことをやらかしてると思うぞ。俺だって何度思ったか」

「え……」

がーん、と効果音がしそうな顔でショックを受けている友衛だったが、その心情に至るメンタリティがすでに不可解だ。自分の振る舞いを鑑《かんが》みればむしろ当然のことだろう。

そんな弟を尻目に、隆衛は宏海をじっと見つめ、返事を待っていた。

行きたい気持ちはあるのだ。だがもしかして、という考えが捨てきれない。もしまた同じようなことが起きたら、隆衛が目の前で不可思議な現象を見てしまったら、さすがの彼も引いてしまうんじゃないだろうか。そう思うと怖かった。

「行こう。責任は俺が持つから」

隆衛に手を引かれ、宏海は黙って足を動かした。心臓の鼓動が速くて聞こえてきそうなほどだったが、抵抗しようとは思わなかった。

「あれー？　着替えないのー？」

「もたもたしてたら気が変わるかもしれないだろ。このままでも別に問題ないしな」

「ないけどさぁ……えーせっかく服選んだのにー」

不満を漏らしながらも友衛はあとを付いてきた。母屋に近い場所にガレージはあるのだが、すでに車は離れのすぐ前に停《と》めてあった。準備は万端《ばんたん》だったわけだ。

運転席には隆衛、後部座席に宏海と友衛が座った。車に乗るのは、ここへ来たとき以来だった。

ゆっくりとスタートした車のなかで、思わず下を向いてしまった。あまり外を見ていたら、めまぐるしさに酔ってしまうかもしれないと思ったからだ。

「そういえば、晩メシは食って帰るからな」

「えっ」

「もう予約しちゃったよ。でも俺は三時から仕事なんだよー。せっかくなのにー。イタリアンと和食が一緒に食べられる不思議なとこ。大衆的ではないけど、ドレスコードがあるほどのとこじゃないから大丈夫。ジーンズとかノーネクタイでも問題なし。俺の格好でもOK」

「基準が違う気がする……」

「そのための個室だろ。コースじゃないし、必要以上に入ってこないように言うから心配するな」

運転席から声がして、ようやく少し肩の力が抜けた。そういえば隆衛もジャケットは身に着けているがネクタイはしていないし、友衛もきわめてカジュアルな格好だ。この格好の友衛が入っていい店ならば、きっと堅苦しくはない店だろう。

車に揺られること数十分で、目的地に到着した。ギッ、とサイドブレーキを引く音がして、着いたのだと知った。

よくあるコインパーキングだ。運よく目的地の一番近くが空いていたらしい。

外を見てもビルばかりでここがどこだかよくわからない。だが人の通りは多く、それを見ただけで外へ出ることを躊躇してしまった。

最初に隆衛が降り、続いて友衛が宏海の様子を気にしつつも降りた。

彼らは急《せ》かすことも、無理にドアを開けることもしなかった。天気がいいとか、意外と暖かいとか、どうでもよさそうな話をしているだけだ。

大きく息を吸って吐いて、宏海はドアに手をかけた。そっと開けて身体を外へ向けると、待っていたように隆衛が顔を向けた。

「よしよし、出て来たな」

「やっぱ間違ってないじゃん！　巣穴からなんか出て来た感じじゃん」

ムッとして友衛を睨み付けた宏海だったが、なぜかいい子いい子と頭を撫でられてしまって、ますますおもしろくなかった。ここぞとばかりに年長者ぶっているところが腹立たしい。といっても、これは例の力が発動するような感情ではなかった。

相手への好意の有無なのだろうか。あるいは怒りという感情ではないせいなのか。宏海自身でもはっきりしないことだが、感覚で例の状態とは違うということは確信していた。

「寒くないか？」

「うん」

フード付きのジャケットは暖かく、友衛に相談してセレクトしただけあってデザインもいい。買ってもらったことについては隆衛曰く、恐縮する必要はないらしい。なぜなら当主は宏海の後見人であり、親代わりなのだから、服の一つや二つは当然のこととして受け取っておけばいいという。

隆衛に付いて歩いて行き、後ろを友衛が付いてくる形でパーキングを離れる。

小田桐邸とは車で数十分の距離しか離れていないというのに、ずいぶんと空気が違うのだと気がついた。気温はそう変わらないのだが、このあたりのほうがずいぶんと乾いているように感じる。単純に空気も汚いのだろう。小田桐家は郊外にあり、広い敷地の裏手はちょっとした丘陵《きゅうりょう》なのだ。木々も多く、空気はここよりずっといい。匂いもずいぶんと違った。

「土の匂いに慣れちゃったのかな……」

「変な感じか？」

「んー、そこまでじゃないけど、町に出て来たなって感じはする」

パーキングを出てすぐに、道は緩《ゆる》やかに上り始めた。その坂道を上っていくあいだ、宏海は人にぶつからないよう常に周囲に気を配っていた。気にしすぎだと自分でも思ったが、久しぶりの外出でつい慎重になってしまった。

足を進めているうちに、巨大な施設が否応《いやおう》なしに見えてきた。

「え……ここって……」

視線の先にあるのはどう考えてもスタジアムだ。そして大学野球、という文字がデカデカと掲げてあるし、応援の声や演奏も聞こえてくる。

大学、そして野球。この二つの言葉は、否応なしに雄介を思い出させた。

進学先を知っているわけではない。だが隆衛がわざわざ連れてきたからには、試合をしているどちらかの学校が雄介の進学した大学なのだろう。

「まずは野球観戦といこうか」

「な……なんでっ……」

「乗り越えなきゃいけないものの一つだろ。おまえ、わかりやすいんだよ。テレビ見てても、野球って言葉や話が出てくると、微妙に反応するんだよな」

「…………」

自覚がないわけではなかった。だが傍《はた》から見てわかるほどだとは思っていなかったから、とっさに言葉が出なかった。

「えーなになに、知り合いが出てんの？」

「こいつの元親友だ」

「元って……こじれちゃった系？」

曖昧に頷くだけで、やはりこれにもうまく答えられなかった。親友だと言うには物理的にも精神的にも距離ができてしまったが、こじれて絶縁したというのとも少し違うと思っている。互いに敬遠し、付き合いが途切れてしまったというのが正しい気がした。

「なるほど、過去との決別って感じ？」

「決別する必要はないと思うが……まぁ、俺の本音としては、完全に吹っ切って欲しいとは思ってるかな」

「ふーん。なんか、宏ちゃんに体育会系の親友とか、ちょっと想像できないな。今日の試合に出てんの？」

「さぁな。行ってみないとわからないが、ベンチにはいるんじゃないか。最悪でもスタンドには来てるだろ」

部員である以上、なにか理由がない限り試合当日に来ないことはないはずだ。

「内野席に行く？」

「そうだな。上のほうの席なら大丈夫だろ」

「メガネ貸してあげるー」

度の入っていないメガネを勝手にかけられ、宏海は連れられるままにスタジアム内に足を踏み入れた。すでに試合は始まっていて、声援やブラスバンドの演奏が大きく聞こえるようになった。

懐かしい雰囲気だ。かつてまだ雄介と親友だった頃、彼が投げる試合は必ず見に行っていたのだ。彼は学校の部活動ではなくクラブチームで野球をやっていて、さすがにブラスバンドの応援こそなかったが、試合はいつも保護者や関係者でそこそこ盛り上がっていた。

「あ……」

遠目でもはっきりとわかった。いまマウンドにいるのは雄介だ。あの頃よりも身長が伸び、身体付きもがっしりとしていたが、すぐにわかった。

わかった自分に、苦笑したくなった。

雄介の大学は三塁側だ。そちらの一番上に席を取り、宏海を真ん中にして三人で座った。試合は中盤で、両チームともに点は入っていない。投手戦ということだ。

思ったよりも落ち着いている自分に気付いて、ひどく安堵《あんど》した。実際にその姿を見るまでのほうが、ずっと緊張していたと思う。

「どれ？　あのピッチャー？」

「うん」

見る限り、あのときのケガの影響はなさそうだった。そのことにさらにほっとした。

「知り合いに、野球やってたやつがいてな、ちょっと聞いてみたんだが……おまえの親友はプロになれるほどの選手じゃないが、とりあえず社会人野球の選手としてはやっていけるんじゃないか……って話だ」

「そっか……」

「で、例の彼女とは三ヵ月もしないで別れて、何人目だか知らないが、いまは別の彼女がいるらしいぞ。これは別口からの情報だ」

「……ふぅん」

「なにその情報網」

呆れる友衛をよそに、宏海は思わず苦笑いをこぼした。破局の理由は知らないし、隆衛だってそこまでは調べられないだろうが、ひどくやるせない気持ちになった。ケガを負ってまで助けた彼女と、たったの三ヵ月しか保《も》たなかったなんて。

だが宏海のなかに湧いた感情は想像していたものと違っていた。あの彼女と別れたと聞いても、いま彼女がいると聞いても、雄介への気持ちは凪《な》いだままだ。失ったものを懐かしむ思いはあっても、胸が締め付けられるようなせつなさとはほど遠かった。

むしろ安堵があった。もう雄介への恋心は残っていなかったのだと確信できたからだ。

もう好きじゃない。幼なじみとしての気持ちはあるが、恋愛感情という意味ではきっぱりと断ち切れていたようだ。

隣に座る隆衛の横顔を盗み見て、すぐに視線を戻した。

いつの間にか、宏海の心には別の相手が住んでいたらしい。きっかけがなんなのか、いつなのかは宏海にもわからないが、隆衛が特別な存在なのは間違いなかった。

多くは望んでいない。こうして隆衛が自分を気にかけてくれて、責任と義務という理由があったとしても好意を向けてくれて、一緒に過ごしてくれる。それだけで充分だった。

「大丈夫そうか？」

「うん。懐かしいとは思うけど、それだけ。雄介と一緒にいた頃を否定したくないしさ」

「そうだな」

自慢の親友だった。素直にそう思えた自分にまたほっとした。

「もしかしてさ、元彼だったりする？」

感傷に水を差すような友衛の言葉に、宏海はついムキになった。

「違うって。本当にただの親友」

「へぇ？」

「なんだよ、その『へぇ』って」

「だってさぁ、ただの親友っていうにはさ、なんかせつなさみたいなのがダダ漏れてたんだよね。男同士の友情って、そういうんじゃないじゃん？」

「別にせつなくなんかないし」

意外に鋭いと思ったが、認めるわけにはいかなかった。

あれはもう終わったことだ。多少は感傷に浸《ひた》っていた部分もあったかもしれないが、未練があるように言われるのは心外だ。変なことを言わないで欲しかった。

隆衛に変な誤解をされたくはない。なにも自分の思いを成就《じょうじゅ》させたいなんて思っていないが、単純にいやだった。

「いろいろあったけど、もう終わったことだし。引きずってもいないし！」

つい声が大きくなるのは、ブラスバンドの音が大きいからだ。話しているあいだに相手チームの攻撃が終わり、雄介たちのチームの攻撃になっていた。普通の声で話していたら、きっと聞こえないだろう。

宏海のなかに残っているのは、幼なじみとして、あるいは親友として過ごした時間と、確かにあった信頼関係を懐かしむ気持ちなのだ。十年近くも一緒にいたのに、関係が断たれてしまったのだから、惜しむ気持ちがあるのは仕方ないことだろう。

睨むようにして友衛を見据《みす》えると、はいはいと軽くいなされた。

「本当だからな」

「わかってるってば。ねー、兄貴？」

「そうだな」

くすりと笑ったその意味を量りかねて、宏海は探るようにして顔を見たが、隆衛はなにも言わずにまた宏海の髪をかき乱すだけだった。

意味があるのかないのか、それすらよくわからない。気になって仕方なくても、確かめるほどの度胸もなくて、手のぬくもりを思い出しながら試合に意識を戻した。

「あらー、短い攻撃。もうチェンジかー」

ちょっと目を離した隙《すき》にスリーアウトになっていた。守備位置に着いていた相手チームの選手たちがベンチに戻っていき、代わりに雄介のチームメイトたちが出て行く。

そして雄介がマウンドに向かった。記憶にあるよりも広い背中を見つめていたら、ふいに彼が肩越しにこちらを見た。

どきっとする。一瞬、目があったような気がした。

雄介は足を止めなかったし、すぐにまたマウンドに向かって、投球練習を始めた。特に不自然な態度は見られなかった。そもそも遠すぎて顔の判別すら難しいだろう。まして宏海はいま、かけたことのないメガネまでかけている。

たまたまこっちに顔を向けた、というだけなのだろうが、宏海は息が止まるかと思うほど驚いたし、いまも心臓が早鐘を打っている。

もう雄介を見ることもできず下を向いていると、うーんと友衛が隣で唸《うな》った。

「いまこっち見たよね」

はっとして友衛を見たら、横で隆衛も言った。

「気付いたらしいな」

「まさかっ」

「さっき戻ってくるときもちらっとこっちを見てたぞ。いまのは確認じゃないか」

「どんな視力だよー。俺いまコンタクトしてるけどさ、この距離じゃ顔なんて見えないよ。しかも客席から、いるかどうかもわかんない相手見つけ出すとか……なんかセンサーでも付いてんじゃない？」

「帰るか。正直、試合に興味はないしな」

小声で呟き、隆衛は意思を問うように宏海を見た。思わず頷いたのは、早くこの場を離れて落ち着きたいという思いがあったからだ。

けっしていやな気分ではない。だが嬉しいわけでもなかった。ただ動揺が激しくて、逃げ出したいと思ってしまっていた。

恋心は揺れ動かないが、親友だった部分が疼《うず》いて仕方なかった。

「えー、帰んの？　最後までいれば会えるんじゃない？」

「……別に会わなくてもいいし」

いまさらという思いは宏海のなかに強くあった。最後に会ったときの静かな嫌悪と拒絶に、当時の宏海は深く傷ついたから、そのときの痛みを恐れる気持ちがあるのだ。それは恋愛感情の有無にかかわらずいまでも存在しているものだった。

隆衛が席を立つのに続いて、宏海はグラウンドに背を向けた。そうしてやや足早に外へ向かって歩き出した。

だんだんと声援や演奏が遠くなる。外へ出ても聞こえてはきたが、もう別の場所へ来たという安心感があった。

「まったく平気……ってわけにはいかなかったか」

苦笑まじりの隆衛に、宏海は慌てて向き直った。

「まだ好きとかそういうんじゃないから……っ。これはその……一番つらかった時期を思い出しちゃうからで……！」

「そうか」

ぽんぽんと頭を撫でられても、いつもと違ってまったく気分は落ち着かなかった。

「なにも言わずに連れてきて、悪かったな」

「それは、いいけど……確認できて、よかったと思うし」

「だったら大収穫か」

隆衛はたまにこういう意味深なことを言う。もしかして、と思い、そのたびに宏海は自分を諌めるように否定する。その繰り返しだ。

「……ふーん」

後ろから友衛の声がして、思わずはっと我に返った。秘めた想いに気付かれたかと恐る恐る振り向くと「前向いて」などと窘《たしな》められ、意味を尋ねるタイミングを逸《いっ》してしまった。

外へ出ると友衛は別人のようだ。いまなら確かに兄のように思えなくもない。

三人で坂をゆっくりと下っていき、それから間もなく、なにごともなくパーキングに着いた。

ずっと恐れていた外出だったが、いざ出てみればトラブルなんてそうそう転がってはいない。あの頃は特別運が悪かったんだろう。きっとそういう時期があるのだ。

そう考えながら車に近づき、さっきと同じ位置に乗り込もうとした。隆衛は自動精算機の前で電話を受けながら支払いをしている。

何気なく隆衛に目を向けたとき、通行人同士がすれ違いざまに軽くぶつかるのが見えた。よくある光景だった。狭い歩道の真ん中を歩いていたカップルに、一人の青年の持つバッグが当たったという、珍しくもない光景だった。

バッグに当たった若い女性が小さく悲鳴を上げ、とっさにバッグの持ち主が謝った。その声さえ聞こえるほどの場所に、宏海たちはいた。

精算機のところにいる隆衛からは目と鼻の先だから、もっとはっきり聞こえていただろう。

だがことはそれだけで終わらなかった。カップルのほうの男はわざわざ踵《きびす》を返し、立ち去ろうとした青年の肩をつかんで振り向かせた。

「すんませんじゃねぇんだよ！」

怒鳴り声が聞こえて、耳を塞《ふさ》ぎたくなった。一瞬で、何年も前のできごとを思い出してしまった。

あのときは一対一だったが、状況はよく似ている。いきなり怒鳴った相手の雰囲気も、ちょうどあんな感じだった。

あの青年だって、わざとぶつかったわけじゃない。それにちゃんと謝った。とっさに出た言葉だから反射的な謝罪だったかもしれないが、そもそも狭い道を二人で広がって歩いていたのに避けもしなかったカップルにも非はあったはずだ。

不快な耳鳴りがする。ひどくいやな感覚が、底のない深い部分からぞろりと這《は》い上がってくるかのようだった。

これが呪いの力だというならば、そうかもしれないと思えるほどいやな感じがする。

「彼女の前で、かっこつけてるつもりなのかねー。ダサっ」

反対側のドアから乗り込もうとしていた友衛は溜め息まじりに呟き、自動精算機の前にいる隆衛ははっとして宏海を振り返った。

ぶわっと、なにかが膨《ふく》れあがって弾《はじ》けるのがわかった。

なにか言おうとして、隆衛が目を瞠る。それからさっと周囲に目を走らせたあと、飛び込むようにして男たちのもとへ走り出した。

それからのことは、まるでスローモーションのように見えた。あのときと同じだった。

隆衛が二人を引きはがし、絡んでいたほうの男を街路樹のほうへと突き飛ばす。その直後に、いままでその男が立っていた場所に、頭上から落ちてきた看板が叩きつけられた。

そう大きくはないパネルのような看板は、アスファルトに叩きつけられた瞬間に音を立ててぐにゃりと変形した。

材質はアルミのようだが、フレームはかなり固くできているはずで、頭に当たれば大事《おおごと》になっていたかもしれなかった。

宏海は立ち尽くし、ただ茫然とそれを見つめていた。声も出なかった。

怒りの対象である人間と、頭上から落ちてくるもの。そしてそれから庇おうとする人。

全身から血の気が引いていく。ガタガタと震える身体を止めるすべは知らず、目をそらすこともできない。

隆衛は無事だ。ちゃんと立っているし、見る限りどこからも血を流していないし、苦痛を訴えている様子もなかった。怒りの矛先《ほこさき》となったカップルの男もケガはないようだった。連れの彼女も絡まれていた青年もだ。

あのときとは違うのに、「同じような状況を引き起こした」という事実が、宏海の足もとをあやうくしていた。

周囲は騒然とし始め、周辺に人が溜まり始めた。皆一様に上を見たり、座りこんでいる男を見たりしている。

ぽかんと口を開けて見ていた友衛は、開けたドアのフレームに寄りかかりながら、宏海と隆衛と看板のあったあたりを交互に見始めた。盾に並ぶ看板のうち、一枚だけがなくなって歯抜けのようになっていた。

「う……えぇ……マジでぇ……？」

絞り出すような声だった。

そんななか、隆衛は静かにその騒ぎから離れて車に戻って来た。彼は非常に目立つ男ではあるが、いまは座りこんだ男に人の注意が向かっているため、自然と戻って来られたようだ。庇った瞬間を見た者もそう多くはなさそうだった。連れの彼女は彼氏に寄り添っているし、絡まれていた青年も動揺してそれどころではないらしい。

「ほら、早く乗れ」

幸いパーキングの出口は騒ぎの起きた歩道側にはない。面倒なことになる前に離れようということになった。

「力がどうとかってマジなの……？　いや、あれは偶然……でも、ボッキリ折れて落ちるようなものでもないし……それに、なんか宏ちゃんからオーラみたいなものが見えたんだけど……」

動揺は治まらないが、いまの言葉には反応してしまう。あれは怒りを向けられた当事者にしか見えないはずではなかったのか。

どういうことだろう。不安になって友衛を見つめていると、答えは運転席から返ってきた。

「腐っても直系、ってことだろ。俺にも見えたしな」

「うーん……」

友衛はかなり戸惑っている様子だったが、否定的なことはもう口にしなかった。看板の落下だけならばともかく、見えたというオーラのようなものが、かなり強烈だったようだ。目の錯覚とも言わなかった。

「さっきのあれだけ見たら偶然ですむかもしれないがな」

「何回かあったんだっけ？　いやぁ……うーん、本当だったのかぁ……っていうか、俺にも見えるとか、聞いてないんだけど」

「俺だって初めてだぞ」

「そうなんだ。あーでもまあ、別にいっか。俺はターゲットにはなんないでしょ？」

「どうだかな。わがまま放題だし、そのうち宏海だってキレるかもしれないぞ」

「大丈夫だって。だって宏ちゃん、俺のことも大好きだもんね。面倒くさい兄弟、くらいに思ってくれてるもん、たぶん。ね？」

俯いていたところを下から覗《のぞ》き込まれ、宏海はたじろいだ。相変わらず近い距離感だが、力の存在を認めてもなお変わらないことに少し驚いた。

まだ手の震えは治まっていないものの、あまりにも普段通りの隆衛や友衛を見ているうちに、気持ちは多少落ち着いてきたようだった。

「ま、別にそう落ち込まないでいいんじゃないのー？　ああいうの見て腹を立てるのは仕方ないよ」

「……俺の場合は、思うだけじゃなくて実害が出るんだよ」

　さっきのように、と小さく続けるが、友衛の調子は変わらなかった。

「ああいうときにさ、正義感にかられて殴りに行くやつも、もしかしたらいるかもしれないし。同じようなものだと思うのはどう？」

「普通は殴る前に口で注意するじゃん……」

「あー、うんまぁ確かに。そもそも注意するのもいまどきは危ないんだけどね。相手がキレて刺されたりしたんじゃわりにあわないし。実際そういう事件は珍しくないじゃん」

　あまり見ないようにしているが、ときどきニュースに上がっている話だ。刺したとか突き落としたとか、眉をひそめたくなるような話を聞いたことがあった。

　黙って聞いていた隆衛が、友衛が話し終わるのを待ってルームミラー越しに宏海を見て言った。

「悪意で人を傷つけようってのとは違うんだ。力のことで、自分自身まで否定することはないと思うぞ」

「うんうん。だって心のなかで仕返しすることなんか、よくあることじゃん。それが宏ちゃんの場合、力があるばっかりに現象が起きちゃうだけだよ。そんな力あったら、大抵のやつはああいうことになっちゃうと思うよ」

「特に若ければな」

「だよねぇ。あ……えーと、こんなときに空気読めない感じなんだけど……俺、そろそろ時間なんで仕事行ってきます。どっか適当なとこで降ろして」

おずおずと申し出た友衛は、それから間もなくして車を降りていった。ここから電車で二駅のところまで行くという。

「えっと、がんばって」

笑みを浮かべてみたが、少しぎこちない表情になっていたはずだ。だが友衛はいつものようににっこりと笑い、手を振りながら「行ってきます」と言って颯爽《さっそう》と歩いて行った。普段の雰囲気からするとだらだら歩きそうだが、意外にもきびきびとした動作だ。

「メシはキャンセルして、帰るか。そんな気分じゃないだろ？」

「うん……ごめん」

「気にするな。また来ればいい」

果たして「また」が本当にあるのかと思ったが、曖昧に頷いておいた。夕食はあるもので適当に作って食べようということになり、まっすぐに帰宅をした。予定より早い帰宅については、途中で隆衛が本家に連絡を入れておいたので、あやしまれることはなかったようだ。数年ぶりの外出で気分が悪くなったと言ったら、すんなりと納得してくれたという。

落ち着くためにと隆衛がいれてくれたコーヒーを飲んだら、また少し肩から力が抜けた。手の震えはいつの間にか治まっていた。

「さっきの話だけどな」

「……うん」

隣に座る隆衛との距離は、いつになく近かった。ぴったりと寄り添っているわけではないが、互いの体温が感じられるくらいには近い。

「感情を殺すんじゃなくて、やり過ごすことを覚えたらいい。否定してるだけじゃだめなんじゃないか。まず受け入れて、その上で安定させないとな」

「それは、わかってるんだけど……」

「考えようによっては、悪いばかりじゃない。いざというときに、おまえを守ってくれるかもしれないだろ？」

「守る……？」

「たとえばおまえが危害を加えられそうになったときだ。恐怖の感情がきっかけで、相手の行動を止めてくれる可能性もあるだろ」

「…………」

発動のきっかけは「怒り」だけではない。「恐怖」も充分な引き金となるらしい。幸いにして、宏海はまだそんな思いはしたことはないが。

「とりあえず、元親友への気持ちが完全に終わってたってのは確かめられたし、俺としては実りのある外出だったな。ことが起きてもなんとかする、っていう約束も果たしたし」

「あ……うん。そうだ、今日のこと、ありがとう。全部……ほんとに助かった」

隆衛のおかげで、新たな罪悪感を背負わなくてすんだのだ。そして雄介のことも、かなり気が楽になった。

「じゃ、もういいな」

「なにが？」

「そろそろ、ちゃんと口説いてもいいかと思ってさ」

「は……？」

聞き違いかと、頭のなかでいまの言葉を繰り返す。啞然として隆衛の顔を見ていると、形のいい唇が笑みの形を作った。

「俺なりにタイミングを計ってたんだが、その前に我慢がきかなくなりそうなんで、もう言っちまおうかと」

肩を引き寄せられて、そのときに初めて手をまわされていたことに気がついた。まるで抱かれているような格好だった。さっきまであったわずかな距離はゼロになっていた。

思わず身を固くしてしまう。好きだと自覚した相手とこんなふうに密着して、冷静でいられるはずもなかった。

ずっと認めるのが怖かった。また人を好きになって、醜《みにく》い感情に身を焦《こ》がすことになるのがいやだったからだ。どんどん惹《ひ》かれていくのを止められず、それでも自分の感情に蓋《ふた》をして気付かない振りをしていたが、もう無理だった。

「た……隆衛さん……」

離れようとしたのに、隆衛は腕を外すどころか閉じ込めるようにして両腕を身体にまわしてきた。

「おまえが好きで、可愛くて仕方ないんだ。必ず大事にする。おまえが普通に暮らしていけるように、そばにいさせてくれ」

「あ……」

ざわっと肌が震えるほどに嬉しかったが、同時に怖いと思ってしまう。確かに昔ほど些細《ささい》なことで感情は揺れなくなっているが、それは隆衛との関係が良好で、他人が介在することがなかったからだ。友衛が加わりはしたが、彼は隆衛との関係を変えるような言動は取らなかったから、問題が生じなかっただけだ。

もし隆衛の恋人になったら、どうなるのだろう。社会に出ている大人の彼の世界は、宏海とは比べものにならないほど広いはずで、当然人との関わりだって多い。魅力的な人だから、秋波《しゅうは》だって絶えないだろう。

そんな恋人が心配で、疑心暗鬼にならないとも限らない。誰彼なく嫉妬してしまうかもしれない。片思いの相手にさえも心は乱れたのだ。恋人になったら、もっとひどくなりそうで怖かった。

宏海はくしゃりと顔を歪《ゆが》めて下を向いた。

「……ごめん……だめだ」

「だめ、ってのは？」

声の調子は普段通りで、気分を害した様子はなかった。そのことにほっとしながら、宏海は正直な気持ちを伝えようと顔を上げた。

「すごく嬉しかった。俺も……たぶん隆衛さんのこと、好きだと思う。でもさ……やっぱ怖いんだ。いまの俺じゃ、きっと隆衛さんに迷惑かける」

「それを承知で言ってるんだぞ。ようは不安にさせなきゃいいんだろ？　たとえ女が言い寄ってきても、俺が絶対になびかないっておまえが信じてれば、大丈夫なんじゃないか。そのための努力もするつもりだぞ？」

「でも……」

「おまえは考えすぎて動けなくなるやつなんだな」

呆れたような、でもどこか優しい言い方に、胸の奥がきゅっと締め付けられた。痛みでもないし、不快な感情でもない。甘さを含んだ、柔らかなものだった。

目を閉じてそれを味わっていたら、ふいに顔を上げさせられた。

ちゅ、っと小さな音を立てて、唇になにかが触れる。

はっとして目を開けたら、隆衛の顔が離れていくところだった。触れるだけのものだったが、キスをされたのだと知った。

「なっ……」

「とりあえず、いまは予約だけにしとくか。待ってやるから、ほかのやつに触らせるなよ。本当はセックスまで持ち込むつもりだったんだがな」

呟くついでに腰を撫でられ、びくっと全身が跳ねてしまった。言わんとしていることの意味くらいわかっていた。

「楽しみだな」

「た……楽しみって……」

「美味そうだ」

ぺろりと頬を舐められて、喉の奥で「ひっ」と悲鳴を上げてしまう。どちらかと言えば優しい紳士だと思ってきたのだが、もしかすると肉食系の猛獣なのかもしれない。

怖いともいやだとも思わない自分は、きっともう結論を出しているのだろうと思った。

あの日以来、隆衛との関係ははっきりと変わった。

隆衛はことあるごとに口説いてくるし、将来的に恋人になるのを前提とした話をする。恋人というよりは、伴侶《はんりょ》と言ったほうがいいくらいの関係を望んでいるらしい。スキンシップはさらに激しくなり、抱きしめたりキスしたりは当たり前になった。

「あの……さすがにこれはどうかなって、思うんだけど」

「おまえ、体温高いから気持ちいいんだよ」

ソファに座ってテレビを見ていたら、あとから来た隆衛がなぜかひょいと宏海を持ち上げ、席を奪った挙げ句、脚のあいだに座らせて後ろから抱きしめてきたのだ。背中がぴったりと隆衛の胸に付き、ひどく落ち着かなかった。腹の前で組まれている手もそうだ。

だんだんと慣れてきているのは自覚している。だがさすがにこれは恥ずかしかった。

「友衛にまた笑われるよ」

「笑わせとけ」

なにかしらの過激なスキンシップを毎日目撃している友衛も、とっくに慣れてしまったようだ。モデル業界でもそういった話は聞くらしく、彼もまた同性愛については柔軟な考えを持っている。大好きな兄が同性を口説きつつベタベタとかまっていても、笑いながら、ときにはからかいながら眺めているだけだった。

「友衛って最初は俺のことライバルみたいに言ってたよね？　もういいのかな」

「弟のポジションは安泰《あんたい》だって理解したんだろ」

「え？」

「俺がおまえを狙《ねら》ってることは、かなり早い段階で気付いてたからな。恋人なら別にいい、って思ってるらしいぞ」

「……よくわからない」

宏海にとっては謎《なぞ》の考え方だが、友好な関係が保てるならば別にいいかと流すことにした。その友衛は、電話がかかってきたと言って自分の部屋へと戻っていた。仕事の電話らしいので、そう長くはならず戻ってくるはずだ。

「白いな」

「ちょっ……」

言うのと同時くらいに首筋を吸われてしまった。結構強かったから、いまのは痕《あと》が付いただろう。この手のいたずらも初めてではない。外へ出ないんだからいいだろうというのが隆衛の言い分だ。

同性を二度も好きになったからといって、宏海はつい先日まで具体的な行為というものを考えたことがなかった。だが実際にこうやってキスマークを付けられたりセックスするぞと宣言されたりして、はっきりと自覚したことがある。どうやら自分がされる側らしいということだ。

隆衛を見れば納得してしまう。それはそうだろう。未経験の上に体格を始めとするいろいろな点で劣る宏海が、隆衛をどうこうできるとは思えないからだ。

「早く身体中に付けさせろよ」

「隆衛さんってさ、わりとはっきりエッチな人だよね」

「はっきりとは言ってないだろ。初《うぶ》な宏海にも刺激が少ないように、オブラートに包んでるつもりなんだが」

「え、そうなの？」

思えば宏海は友達とその手の話をしたこともなかった。なにしろ親友が硬派で知られた雄介だったので、周囲のクラスメイトたちも遠慮して彼の前では口をつぐんでいたのだ。一緒にいることが多かった宏海も、必然的にその手の話から外されていた。

だから免疫《めんえき》がない。隆衛の言葉や行動に、いちいちうろたえてしまうくらいには。

「もっとストレートに……うん？　なんだ？」

遠くから叫び声が聞こえてきて、隆衛と宏海は同時に意識をそちらに向けた。自室にいるはずの友衛が騒いでいるのがリビングにまで聞こえてきたのだった。

「テンション高いなぁ」

「うるさいやつだ」

やれやれと言わんばかりの呟きが終わらないうちに、遠くから宏海を呼ぶ声が聞こえた。部屋から出たらしい友衛が、なにか言いながら走ってくる音がする。

「宏ちゃんっ！　あいつ、あいつ！　元彼のエース！」

「……は？」

「元彼じゃなくて親友な。で、エースでもないぞ。あの大学では二番手って話だ」

「そんなことはどーでもいーの！　とにかく宏ちゃんの元彼が、うちの雑誌に連絡してきた！」

「どういうことだ？」

隆衛の声はいつもより低く、興奮状態だった友衛も急速にトーンダウンした。こほんと咳払《せきばら》いをしてから空いている場所に座ると、今度は落ち着いた声で説明を始めた。

杉野雄介と名乗る某大学の野球部の学生がモデルの「ＴＯＭＯ」宛に編集部へとメールを寄越し、試合のあった日付を入れた上で、一緒に観戦していた人物が吉佐宏海ではないかと尋ねてきた。もしそうならば、三年以上前から連絡が取れなくなった友人なので、自分が連絡を望んでいると伝えて欲しい……というような内容だったらしい。住所と氏名、大学名と学部、電話番号にメールアドレスまで記載があったそうだ。

「おまえのことを知ってたんだな」

「うちの雑誌読んでるみたい。それはともかく、驚異の視力だよね」

「……どうする？」

「一応いろいろ送ってもらったから、電話でもメールでもすぐできる状態だけど」

友衛はスマフォの画面を見せて、宏海の返事を待った。見る限り住所は変わっていないから、自宅から通っているのだろう。自宅の番号も携帯電話の番号もアドレスも、すべてそこにあった。

思わず隆衛の顔を見そうになったが、それは違うだろうと耐えた。これは宏海自身が考えるべきことだ。

雄介はなにを思って雑誌編集部にまで問い合わせをしたのか。恨み言を言うために、わざわざそんなことをする性格ではない。宏海の親友はそんな男じゃなかった。たとえ同性愛に対して嫌悪感が強くて宏海の気持ちを拒絶しようと、それは生理的なもので仕方がないのだ。彼の性格とはまた別問題だった。

「電話するよ」

「だね。いきなり会うのはやめたほうがよさそうだもんね」

「ちょっと電話借りるね」

自分からはかけることのない固定電話の子機に雄介の番号を入れ、宏海はリビングを離れた。廊下を歩きながらボタンを押し、コールを待つあいだに自室に入った。

隆衛はなにも言わなかったが、それは宏海の自主性に任せるということなのだ。

繋がらなければメッセージを残し、後日またかけよう。そう思いながら数回目のコールを聞いていたら、懐かしい声が聞こえてきた。

『はい……?』

「えっと、俺……宏海だけど……」

小さく息を飲む気配がして、つかの間の沈黙があった。たぶん言葉を探しているのだろう。ややあって、溜め息をつくような声がした。

『久しぶり』

「うん……三年、半……かな。こないだ、ちょっとしか見てなくてごめんな」

『いや、来てくれただけで嬉しかったよ。おまえを見つけることもできたしさ』

「やたら目がいいって、みんなびっくりしてたよ」

『まぁね。見つけたのは、たまたまっていうか……実は入ってきたときに、目についたんだよな。やたらスタイルいいのが、ぞろぞろって来たからさ』

本来なら試合中に観客席など見ないそうだが、たまたまあのときは攻守交代のときに雲の流れを見ようとしてそちらに目を向けたという。

そこまで話して、雄介は黙りこんだ。本題に入るのだと悟り、宏海も身がまえて待った。

『あのときは、悪かった』

溜め込んだものを吐き出すように、ぼそりと彼は言った。短く、どちらかと言えばぶっきらぼうな言い方だったが、それこそが宏海の知る雄介らしくて、我知らず笑みを浮かべていた。自然と笑えた自分が嬉しかった。

「雄介は悪くないよ。あれは仕方なかったと思うし」

『俺も冷静じゃなかったと思うけど、それは言い訳だよ。あれからちょっとして、二股かけられてたってこと知ってさ……宏海はそのことで怒ってくれたんだってな。開き直ったあいつが言ってたよ』

二股が発覚したときには、すでに宏海の行方はわからなくなっていたので、彼女は親友を失った雄介を嘲笑《ちょうしょう》しながら、ことの真相を暴露したそうだ。

『本当にごめん』

「もういいよ。ほんとに、大丈夫」

数ヵ月前までならばともかく、いまは本当に平気だ。こうして雄介と話していても、かつての傷が疼くようなこともなかった。

わずかな引っかかりさえも溶けて流れていくような気さえした。

『ＴＯＭＯにもお礼言っといてくれるか』

「うん。でもちょっと意外だったな。雄介があいつのこと知ってるとは思わなかった」

『俺だってファッション誌くらい見るっつーの。すげぇ驚いたよ。まさか宏海がモデルと友達だとは思わなかったし』

「あ、友達じゃなくて親戚なんだ。死んだ父親のほうの。もう一人の人もそうでさ。いますごくお世話になってるんだ」

『ああ、そうなのか。てっきり……』

「ん？」

『いや、ＴＯＭＯじゃないほうの人は、恋人だと思ってたからさ。なんか……遠目にも、そんな雰囲気だったというか……』

言われて少し驚いた。まさかそんなふうに見えるとは思いもしなかったからだ。

「あー……うん。実はその人のこと、好きなんだ。まだ恋人ってわけじゃないけど……」

『そうか。うまくいくといいな』

「……うん」

『ときどき連絡していいか？　近況だけでも知りたいからさ』

「うん」

思った通りぎこちなかったけれども、穏やかな気持ちで話すことはできた。あの頃のように胸が騒ぐのを押し殺すこともなく、せつなさに身を焦がすこともなかった。時間を埋めることはできなくても、以前とは別の関係を築くことはできそうな気がした。

電話を手にリビングに戻ると、待ちわびたように友衛が身を乗り出してきた。隆衛は相変わらず、ゆったりと座っていた。

「話したよ。昔のこと、謝ってくれた」

隆衛の隣に座ると、当然のように腰を抱かれた。視線で問われたので、だいたいの会話を聞かせると、隆衛は軽く頷いて宏海の顔をじっと見つめた。

「ときどき近況報告しようって感じになった。向こうも会おうとは思ってないみたい」

「そうか」

「なんだ、それだけ？」

なぜか友衛が気落ちしたように呟いたので、宏海はじろっと彼を睨み付けた。

「それだけだよ。なに期待してんだか知らないけど、向こうはドがつくノーマルだからな。隆衛さんとのこと応援してくれただけでもびっくりするくらいの進歩だよ」

「元親友にお墨付きをもらったことだし、そろそろ覚悟決めてもらおうかな」

隆衛の笑みに、宏海は小さく頷いた。

「……覚悟は、決めたよ」

恐れはいまだに根強くあるが、それ以上に隆衛と一緒に生きていきたいという気持ちが強かった。

この人ならば、なにがあっても受け止めてくれそうな気がした。

隆衛の目が満足そうに細められる。だがキスは、額に落ちただけだった。

「大人のキスは、二人っきりのときにな」

「……うん」

「たぶんそろそろ友衛も出て行くだろうし」

「えーマジかー……うーん、微妙だなぁ。さすがに恋人同士と一つ屋根の下はキツイもんなぁ……」

ぶつぶつ言い始めた友衛は、窓の外を見てまたうーんと唸った。木々のせいで見えないが、視線の先には母屋があるはずだった。

二人だけの生活が戻ってくるのかこないのかはわからないが、隆衛との関係がまた一歩進むことは間違いなさそうだ。


一晩考えた友衛が出した結論は、母屋へ行く……というものだった。といっても現在はすでに午後三時をまわっている。朝までゲームをやっていたらしい友衛が起きてきたのが、そもそも昼過ぎだったのだ。

「やっぱりね、キビシイものがあるじゃん。別に俺、覗き趣味とかあるわけじゃないからさ。や、覗く気はないよ？　ないけど、夜中まで起きてることも多いし、うっかり部屋から出たら宏ちゃんがアンアン言ってるのが聞こえてくるとか、気まずいよなーと思うわけ」

「う……うん」

宏海は俯き加減に頷き、おとなしく友衛の話を聞いていた。隣に座る隆衛は平然としていて、いまは耳を傾けつつもパソコンを開いてなにやら作業中だ。ディスプレイには英語しかなかったので、ちらっと見たくらいではなにをしているかはわからなかった。

「ちょくちょく遊びに来るけどね。鍋つつくの楽しいし、宏ちゃんのチープなフレンチトーストも好きだし」

「事前に連絡入れろよ。取り込み中ってこともあるからな」

「夜以外もやる気だ、この人……」

ディスプレイから顔も上げずに言う隆衛は、まるで仕事をしているかのような真面目な表情で、かつキーボードを打つ手も止まっていない。友衛が「シュール」と呟いたのも無理はなかった。

それから荷造りの手伝いをし、人を呼んで母屋へ運んでもらった。私物といってもそう多くはなく、すぐに運び出せてしまう程度の量だった。

そして日も落ちかけた頃、またねと言って友衛は離れから出て行き、当主に話があるからと言って隆衛も付いていった。

人の気配がなくなった離れの玄関先で、宏海は兄弟の背中を見送ったあと、小さく息をついた。

なんとなく寂しいことは、誰にも言わないことにしている。隆衛は変わらず離れで過ごすというが、にぎやかな友衛がいなくなると家のなかの雰囲気は一変しそうだ。恋人同士で過ごすには、ちょうどいいのかもしれないが。

宏海は家には入らず、周囲の様子を見ながら散歩をすることにした。庭は定期的に業者が入ってきれいに保たれているが、宏海も気がついたときに雑草を抜いたり花の手入れをしたりしている。今日もそのつもりで、作業がてら隆衛の帰りを待とうと思った。

「あ、むかごだ。食べられるかな」

普段誰も使わない東屋《あずまや》が、離れから少し離れたところにある。その裏手に蔓《つる》性の植物を見つけて思わず近寄った。目立たない場所だからか、業者が見逃していたようだ。

一つ二つと小さなむかごを取っていると、ふいに甲高い女性の声が聞こえてきた。

「あんまりそっちに行くと、離れがあるわよ」

宏海はとっさにしゃがみこみ、東屋の陰に身を隠す。やましいことはなにもないのだが、どう対応したらいいのかわからないからだ。きっと相手だってそうだろう。

東屋よりも母屋に近いあたりには菊が育てられていて、それは見事な出来映《ば》えなのだ。きっとそれを見に来たに違いない。

「そうだったな……でもいまは隆衛さんがいるし、大丈夫だろ」

「まさかあの話、本当だとは思わなかったわ」

「まぁな」

「どうしてそんな危ないことを許しているのかしらね。もし一衛《かずえ》さんになにかあったら、跡を継ぐのは隆衛さんでしょうに」

「おい、滅多《めった》なことを言うもんじゃない」

男性のほう――おそらくは夫が声をひそめて窘めると、さすがに妻もまずいと思ったのか、一瞬だけ黙りこんだ。一衛というのは長男、つまりは次期当主の名前だ。

「でも隆衛さんだって優秀な方だし、小田桐の家には必要だわ。なのにどうして、あんな力を持った子なんかと……」

「そりゃあ、あれだ。それなりに利用価値はあるってことだよ」

「懐柔《かいじゅう》してどうするのよ。コントロールできない呪いの力なんて、意味ないじゃない。それに、そんな役目を隆衛さんが負う必要はないわ。なにかあったらどうするのよ」

「隆衛さんの帰国が、当主の要請なのは確かだぞ。近いうちに小田桐家へ戻すって話だしな。それに呪いの力だって、使いようはいろいろあるじゃないか」

「でも感情任せなんでしょ？　昔はどうしていたのかしら……」

「なんだ、知らないのか。能力者をターゲットに近づけさせるんだよ。で、別の人間が小細工をしてターゲットの不興を買わせる。危害を加えられそうになれば、力が発動するからな。器量がよければ、別に使いようがある。相手が好色な人間なら襲うだろうしな」

下卑《げび》た声が告げた内容に、宏海は固まった。膝を抱える手にぎゅっと力が籠もるが、小さな震えは治まらない。

震える意味は、自分でもよくわからなかった。

「そうね……あの子、確かにきれいな顔をしていたわ。大昔は男でも充分使えたんでしょうけど、いまはどうなのかしら。難しいんじゃない？」

「いまでも結構いるさ。おおっぴらには言えないだけでな」

「心当たりがありそうね」

「実は噂なんだが……」

少しずつ声が遠ざかっていき、やがてなにを言っているのかわからないほどに離れ、気配が完全に感じられなくなった。

彼らが誰なのかは知らないが、分家の人間であることは間違いないだろう。隆衛が養子に出された鍵本家の人間だろうか。女性のほうはかなり隆衛びいきだったから、現在の戸籍上の両親ということも考えられる。

しゃがみこんだその場所から、すぐに動き出すことはできなかった。頭のなかでさっきの二人の会話がぐるぐるとまわっている。

あれは一体どういうことなのか。勝手な憶測《おくそく》による噂話に過ぎないのか、それとも当主の意向を踏まえての話なのか。後者だとしたら、宏海はどうしたらいいのだろう。

誰かもわからない人たちの話を真《ま》に受けるなんて馬鹿げている。だが話に矛盾がなかったのも確かだった。離れが気に入っているからといって、いきなり初対面に近い相手と暮らし始めるよりは、ずっと納得できる。

好きだと言ってくれたことが嘘だとは思えない。いや、思いたくないだけかもしれない。相手は世慣れた大人だ。何年も社会から切り離された世間知らずを騙《だま》すことくらいたやすいことだろう。

あんな魅力的で相手に不自由しなさそうな男が、自分なんて好きになるはずがないではないか。

「違う、そんなことない。だめだ……ちゃんと信じなきゃ……」

東屋の柱に手を突いて立ち上がると、バラバラとむかごが散らばった。だがそれを拾うこともなく、逃げるようにして離れに戻った。自分の足もとがひどく不安定に思えて仕方なかった。

最近はリビングで過ごすことが多くなっていたが、まっすぐに自室に入り、力なくベッドに座りこんだ。

まだ充分に明るいと思っていたのに、室内は意外なほど薄暗くて、まるでいまの気持ちのようだと思った。そうしているうちに外も徐々に暗くなっていき、夜が訪れようとしていた。

隆衛は夕食までには帰ってくるはずだが、当主と話があると言っていたから、まだ時間はかかるだろう。

そう、当主と話があると言って出て行ったのだ。それは仕事の件かもしれないし、宏海のことを話しあうためかもしれない。後者の可能性が高いように思えるのは、さっきの男女の話が頭から離れないせいだ。

隆衛の言葉が偽《いつわ》りだというならば、今度こそ宏海はなにを信じていいのかわからなくなってしまう。動揺していること自体がいやでたまらなかった。あんな話を聞いて不快に思うのは仕方ないだろうが、ここまで動揺しているのが悔しいのだ。苦笑いで隆衛を出迎えて、こんな話を聞いちゃったよと話せるくらいに彼を信じるべきなのに。

「大丈夫……」

帰ってきたら、最初になにを言おうか。どんな聞き方をしても、宏海が疑心暗鬼になっていることは隠せないだろう。隆衛に嘘がなければ彼を傷つけてしまうし、嘘ならばすべてが瓦解《がかい》してしまうかもしれない。どのみちいい結果にはなりそうもなかった。

鬱々《うつうつ》とした気分でいやな未来を考えるなんて、あの頃以来だった。

「宏海？　どこだ？」

「っ……」

時間の感覚がおかしくなっていたらしい。気がつくと部屋のなかも外も真っ暗で、すでに隆衛が離れに戻ってきていた。家のなかが暗いので不審に思い、宏海を捜しているのだ。

返事をして電気をつけるべきだとわかっているのに、身体が動かなかった。異様に重く感じられて、立ち上がるのもつらい。

「宏海、具合でも悪いのか？」

暗くても気配でわかったらしく、隆衛は迷うことなく部屋に入ってきて、照明をつけた。まぶしすぎてとっさに目を閉じると、開くまでの短いあいだに隆衛が隣にやってきていた。そうして宏海の首に手を当てた。

「どうしたんだ？」

どう答えたらいいのかわからない。無言で俯いていると、肩にそっと手を置かれた。

「……いろいろ、ぐちゃぐちゃなんだ」

ようやくそれだけ、絞り出すように呟いた。

いが。

「なにがあった」

隆衛の声はひどく真剣だ。顔を見ることもできずに俯いているから、どんな表情かまではわからな
息を吸って、吐いて。なんとか自分を落ち着かせてから、ゆっくりと口を開いた。

「さっき、親戚の人の話……聞いちゃって。隆衛さん……俺のこと懐柔するために呼ばれて、帰国したって本当？」

なるべく淡々と尋ねようとしたのに、声はかすかに震えてしまった。そして降ってきたのは、聞こえるか聞こえないかくらいの小さな嘆息だった。

呆れられた。隆衛の愛情を信じない宏海を、彼がどんな目で見つめているのかと考えたら、目の前がぐらぐらと揺れそうになった。なにを言おうとしても口のなかが乾ききって声にならない。

するとまた、小さな息が聞こえた。今度はさっきよりも、笑みを含んだ柔らかなものに聞こえた。

ふいに抱き込まれて、あやすように背中を叩かれる。言葉はなにもなかったが、大丈夫だと言われているようで、宏海の身体からは少しずつ力が抜けていった。

「いいか、宏海。落ち着いて最後まで聞いてくれ。おまえは誤解してる」

「……なにを……どれが、誤解……？」

「いまから説明する。とにかく大前提として、俺がおまえを本気で愛してるってことは疑うな。なに

があっても信じろ」

　これが一番大事なことだと言外《げんがい》に告げられ、宏海は戸惑った。隆衛はいつも通りの彼で、怒気も感じないし、失望もしていないように思えた。

　恐る恐る顔を上げると、隆衛はこつんと額をあわせた。

「いいな？」

「……うん……」

　向かいあって両肩に手を置かれて、まっすぐに見つめられると、後ろめたさからどうしても伏し目がちになってしまう。それに対して隆衛はなにも言わず、静かに語り出した。

「確かに親父におまえのことを頼まれた。だがそれは利用するためじゃない。おまえの状態を安定させて、もとの生活に……それに近い状態に戻すためだ」

「……俺の、ため……？」

「そうだ。ただし親父が俺に頼んだのは、性格的にいけそうだから……ってだけの理由だ。おまえのことをどうしようか考えてて、ある程度落ち着いたからそろそろ……って思ってたときに、俺を呼び戻す話が出てきたってわけだ。友衛の件は大誤算だったらしいぞ。嬉しいほうのな」

　小田桐家独特の雰囲気や慣習を嫌い、力の存在すら認めようともしなかった友衛が、当主に対して後者は撤回したらしい。宏海の力を目の当たりにしたことで、直系としての自覚が多少は芽生えたのだ。当主が大層喜んでいたと隆衛は言った。相変わらず家の空気には馴染《なじ》めないとぼやいているようだが、それでも母屋で暮らす流れにはなったようだ。

「俺が呼ばれたのはあくまで仕事が理由だ。おまえのことは、タイミングってやつだな」

つまり強引に離れへやってきたのは意図的なものだったが、その裏にある理由は、親類の者たちが話していたこととはまったく逆だったわけだ。

どうして疑ってしまったのだろう。本当に宏海のことを考えてくれていた隆衛と、当主のことを、どうしてもっと信じられなかったのだろう。

自分がいやになる。腹立たしくてたまらない。胸をかきむしりたいほどの羞恥《しゅうち》と後悔に、唇をきつく噛《か》みしめる。

（あ……）

ぶわりとあのいやな感覚が湧き上がってきて、唐突に悟った。

これは自分自身に向かおうとしている力だ。卑屈で醜くて弱い自分がいやでたまらなくて、隆衛の前から消え去ってしまいたいと思ったから、それに応じようとしているのだ。

それでもいいかと、なかば諦めた。少なくとも、ほかの人に向かうよりはずっといい。一瞬のあいだにそんな心境に達して自嘲しかけると、ぐっと肩を強くつかまれた。

「宏海……っ」

鋭く名前を呼ばれ、はっと目を開いたとき、すでに唇は塞がれていた。キスをされたのだと理解する前に、黒くていやな気配は弾けるようにして散っていった。

驚かせて力を封じたのか。ぼんやりとそう思ったが、隆衛はいつまでたっても離れていかない。最初は触れるだけだったのに、ついばむようにして何度も重ね直し、唇を舐めてくる。そうして宏海がこわばりを解くと、ゆっくり舌先を入れてきた。

キスはそのまま深く官能的なものに変わっていく。隆衛の舌先が絡んだり、舐めたり吸ったりしていくうちに、眠っていた官能が騒ぎ始めるのがわかった。さっきの力と似たような場所から、ざわざわと這い出して肌を撫でていくようだった。

「ん……」

頭のなかがぼやけて感情だとか思考だといった面倒なものが薄れてきた頃、ようやく隆衛の唇は少しだけ離れた。身体は相変わらず密着したままで、息さえかかりそうなほど近くはあったが。

「悪いな、もう待てない。というか、待つのはやめだ。早く俺のものにして、いやってほど思い知らせてやらないとな」

待つ気はないと告げた通り、しゃべりながら隆衛はすでに宏海の身体に手を這わせている。シャツの裾《すそ》から入り込んでくる手はひやりとしていたが、身が竦むほどではなかった。

それよりも大事なことがある。確かめなければいけないことだ。

「俺、隆衛さんのこと信じられなかったんだよ。それでも、俺でいいの……？」

隆衛が気にしていないのは態度でわかるが、はっきり聞いておかなければ宏海が前へ進めそうもなかった。

「いいも悪いもないだろ。おまえのケアを頼まれたって、話しておかなかった俺も悪いんだよ。裏があると思われたくなくて黙ってたのは確かだからな」

大きな手が頬を撫でて、首に下りていく。くすぐったさと気持ちよさのあいだにある感覚に、宏海は小さく首を竦めた。

「時間と言葉が足りなかったよな」

思えば出会ってまだ一ヵ月足らずだ。時間がすべてではないが、信頼関係と愛情を育てるのに充分とは言いがたいだろう。

「あと、ボディランゲージ」

「え？」

「疑われないように、じっくり語りあわないと」

宏海の背中に腕をまわしたまま、隆衛はベッドに倒れ込んだ。ようするに押し倒されたのだ。

言葉の意味を理解して、つまりそういうことらしいと身を固くする。覚悟はできていたつもりだったが、いざとなると力が入ってガチガチになってしまった。

ふっと笑う気配がする。目を向けると、見たことがないほど甘い顔をした隆衛がいた。

「初々《ういうい》しいな」

「なんか……オヤジっぽい」

「俺はまだ二十八だぞ。若造だ」

世間的にはそうかもしれないが、宏海にとって隆衛は立派な大人だ。いろいろな経験の差というものは大きく、それは単純に十年という年の開きでは計れないものがあった。たとえ宏海が隆衛の年になったとしても、絶対にこうはなれないと断言できる。

その経験のせいか、隆衛は慣れた手つきで宏海の服を脱がし、あっという間に着ていたものをすべて取り去ってしまった。貧弱な身体をとっさに隠そうとしたものの、手足を押さえられて果たすことはできなかった。

「毎日歩いた甲斐はあったな。前よりきれいな身体になってる」

「……隆衛さんと比べたら、みっともないよ」

上半身だけ裸になった隆衛は、以前も見たように肩幅もあって胸板もしっかりとした厚みがあり、脇から腹にかけてよく締まっている。きれいな身体だ。

「ジム通いしてた俺と比べるなよ。だいたい骨格が違う」

「それはそうだけど……」

身長だけではなく、筋肉の質だとか骨の太さだとかいったものから違うのは間違いなかった。どんなに鍛えても、宏海は隆衛のような身体にはならないはずだ。

小さな声で「可愛い」と呟いたことは、聞こえない振りでやり過ごした。全裸をまじまじと見つめられながらこんなことを言われるのはあまりにも恥ずかしかった。

いつの間にか部屋には弱い暖房が入っていて、その自然な流れのまま室内の照明も弱くなった。初めての宏海に対する配慮なのだろう。

真っ暗ではないが薄暗くなったことに、いくらかほっとした。

もう一度キスをされて、深く濃厚なそれにくらくらしかけた頃に、唇は首から肩へと移っていく。しばらくはそれに気付かないほど、宏海はキスに酔わされていた。

「っぁ……」

舌先が胸を舐める感触に、吐息《といき》が漏れる。舌先で転がされ、強く吸い上げられて、勝手に身体がびくりと震えた。

気持ちがいいのだと自覚したのは、小さな声が甘い響きを含んでいたからだった。

宏海の反応が火をつけたのか、隆衛はさらに胸をしゃぶり、反対側を執拗《しつよう》に指先でいじっては、宏海に声を上げさせる。

胸だけでさんざん喘《あえ》がされ、せつないほどの快感に泣き出しそうになると、ようやく隆衛は胸から離れていき、腹から腰、そして腿《もも》まで舌先を這わせた。ときおりおもしろいように跳ねてしまう部分があって、反応した場所は例外なく責められた。

身体が自分のものではないようだった。キスを一つされるたびに、指先で撫でられるたびに、どんどん敏感になっていくような気さえした。

初めて肌をあわせるはずなのに、まるで宏海のいいところを知り尽くしているような愛撫《あいぶ》だ。そうして肌を撫でられただけで甘い悲鳴を上げるようになると、隆衛は開かせた脚のあいだに身を置いて、ためらうことなく中心に口を寄せた。

「やっ、あ、ぁ……あ……！」

初めて他人に触れられた感覚は想像していた以上に激しくて、宏海は悲鳴じみた声を上げながら身を捩《よじ》った。無意識に身体が逃げようとするのを捕らえられ、まるで罰だとでも言うようにさらに追い上げられる。

舌先が絡みつき、あるいは口腔《こうこう》に包まれて吸われる。そして指は根もとの膨らみから最奥《さいおう》までを何度も行き来した。

いきそうになると止められ、後ろを撫でられて、ぬるりとしたなにかを塗り込まれる。

快感を与えながら、隆衛は指先をゆっくりと後ろに沈めて、ゆるゆると動かし始めた。最初は慎重だったものの、たちまち動きは大きくなっていき、耳を覆いたくなるほどの濡れた音が宏海の耳にまで聞こえてきた。

「いやっ、あ……だめっ……そ、こ……やっ……」

繊細《せんさい》なのに容赦のない愛撫に、宏海は半泣きになりながらかぶりを振る。痛くはないが違和感がたまらない。とてもこんなところで快感を得られるなんて思えなかった。

だが前の気持ちよさと、その反対にありそうな後ろの感覚とが、次第に溶けて混じりあっていくのを感じる。前後に動きながらそこを広げていく指に、自分の内部が絡みついていくような錯覚がした。

「痛かったら、言えよ」

耳もとでそう囁《ささや》いて、隆衛は宏海の身体を深く折ると、さんざん慣らされた場所に彼自身をあてがってきた。

身体に力が入ってしまう。それを散らすように言葉と愛撫で宥めながら、隆衛はじりじりと身体を繋いでくる。

声が勝手に喉の奥から出て来た。悲鳴というには甘さを含み、嬌声《きょうせい》というには戸惑いが大きい。

覚悟していたほどの痛みじゃなかったのは、隆衛がずいぶんと気を遣ってくれたからなのだろう。

すべてを収めると、隆衛は労《いたわ》るようにして宏海の髪を撫でてきた。

「大丈夫か」

「ん……」

身体はいまのところ平気だが、とても顔を見て話せる心境ではない。意識の半分くらいは、繋がっている場所に向かってしまっている。それにきっと顔は真っ赤で、それを見て隆衛は楽しげに笑っているに違いないのだ。

唇にキスを軽く落とし、それが合図だとでも言うように隆衛は動き出した。

痛みや異物感が快感へと変わっていくのにそう時間はかからず、息とも声ともつかなかったものは、明らかなよがり声になっていった。

両腕で隆衛にしがみつき、いつしか自ら腰を振って、ただ快楽を追い続けた。

絶頂の瞬間はよく覚えていない。気持ちがいいなんて言葉では生ぬるい鋭い感覚に意識は半分飛んでいて、その曖昧な状態のなか、深い部分に注がれる熱い飛沫《しぶき》だけが生々しいほどはっきり感じられた。

ひどく幸せな瞬間だった。快楽よりも甘いそれは、きっと満たされたという思いだったのだろう。

抱きしめられる腕の温かさにも、ひどく安心している自分がいた。

広い背中に手をまわすと、すっぽりと包むようにして隆衛も宏海を抱き返してくれた。

安堵と充足感にしばらく浸り、やがて宏海はまた熱い快楽の渦《うず》のなかに引きずり込まれていった。

「もう暗くなってきてる……」

窓の外をぼんやりと眺め、宏海は掠《かす》れた声で呟いた。

一日が恐ろしく短い。そう感じるのは当然で、彼の一日は今日に限っては昼過ぎに始まったのだ。隆衛に世話を焼かれるまま着替えて食事をし、ぼうっとしたままの頭で何時間も過ごしていたが、ここへ来てようやく意識がはっきりとしてきた。

「なんかやっと目が覚めたけど……これなに」

いままではどこか夢見心地で、なにも考えられずにいた気がする。そうでなければ、隆衛に服を着せてもらったり横抱きで運ばれたりということを、平然と受け入れられるはずがないのだ。ましているま現在は、横向きに膝の上に座らされている。

正気になるとたまらなく恥ずかしい格好だが、心地がいいのもまた確かで、どうしたものかと唸ってしまう。

結局、昨日さんざん繰り広げた痴態に比べたらマシ、というところに落ち着いた。この距離で目をあわせることはまだできそうもなかったが。

隆衛の言うボディランゲージは、彼の口よりもずっと雄弁だった。最後まで優しくはあったが、やはりと言おうか、獰猛《どうもう》な一面もあることを思い知らされた。

おかげで宏海の喉は潰《つぶ》れてひどい声だ。ハチミツを溶かした飲みものを作ってくれたり、飴《あめ》をくれたりと、隆衛はずいぶんと甲斐甲斐しいが、そんな自らを楽しんでいる様子も窺えた。

「飴と鞭《むち》……」

「どこが鞭だ。飴のフルコースだろ。あれだけ気持ちよさそうにしてたくせに」

「そ……そのときは気持ちいいけどっ、あとから鞭になるじゃん！　死ぬほどだるいし、喉ザラザラでつらいしっ」

大声で言えない場所はいまだに疼くように熱いし、身体中の関節と筋肉が痛い。毎日歩いていたとはいえ、それとこれとはまた別らしい。

「だから責任取ってフォローしてるんだよ」

「……マメだよね」

「嬉しいだろ」

ちゅっ、と音を立てて額にキスされて、反論はなにもできなくなる。甘い雰囲気にごまかされ、身体のつらさもどうでもいいように思えてくるからタチが悪い。

「それで、大事なことをまだ言ってないんだが、もう聞ける状態だな？　昨日、親父と話したことなんだが……」

「あ、うん」

そういえば、と宏海は相づちを打つ。昨日はそれどころではなかったし、言われなければ思い出しもしなかっただろう。

「おまえが言ってた通り、俺は近々小田桐姓に戻ることになった。で、そのとき一緒に、おまえも小田桐の養子に……」

「はっ？」

思わず顔を上げてしまった。

少し前に目をあわせられないと思ったことなど一瞬で忘れた。至近距離でまじまじと見つめると、今度は唇に軽くキスをされる。昨日からもう何度キスされたかわからなかった。

「一応、理由があるんだぞ。俺としては同性婚の代わりって意味でもいいんだが……」

「ちょっ……ちょっと待って。どういうこと？　なんでそんな話に？」

「まず俺が戻るのは、このまま鍵本家に入ってると面倒なことになりかねないからだ。俺の事業が成功したせいか、鍵本の家が最近ちょっと大きな顔をし始めてな。悪い意味でうちの一族の特色が出てるわけだ。俺としては実力で勝ち取ったんであって、小田桐一族の力じゃないと思ってるんだがな」

運を引き寄せ、成功を約束し、繁栄をもたらすと言われた力。それが隆衛にあると考えている鍵本家は、彼が自分たちの籍にいることでかなり大きく出ているらしい。

「おまえも似たような感じだな。俺がおまえと暮らしてるって聞いて、吉佐家がいまさら保護を名乗り出た」

「え……」

「昨日、誰かに会わなかったか？　俺が戻ってすぐ言ったことは、誰に聞いたんだ？」

「あの、庭で……東屋のとこ。あそこで、話してるのを聞いちゃったんだ。会ったわけじゃないから、顔とかわかんないけど、男の人と女の人、二人だった」

「ああ、それだ。吉佐家の連中だな。男のほうは宏幸さんの従兄弟で、女のほうは鍵本の出だ。俺の戸籍上の両親の妹に当たる」

だから隆衛びいきの発言をしていたのかと、思わず納得した。吉佐家については溜め息が出るだけだった。父親は確かに吉佐の人間だが、従兄弟だという人物の家系からは外れているし、親兄弟もいない。感慨は特になかった。

「名字が変わるのはいやか？」

「そんなことないけど……でも小田桐家に俺が入るのはマズくない？」

「入らないほうが問題だな。いや、問題ってほどじゃないが、吉佐家が権利を主張してくると厄介なんだ。小田桐家の四男なら手は出せない。友衛も喜ぶぞ」

「喜ぶかな……隆衛さんの弟が増えるのはいやがるんじゃ……？」

「おまえは俺の嫁って認識だから大丈夫だろ。でも義弟って立場はいやみたいだぞ。あくまで兄希望だそうだ」

「よっ、嫁って……いや、あの、そういう役目な感じもしないでもないけどもっ……」

赤い顔をしながらあたふたしていると、隆衛はくすりと笑って宏海を抱きしめたあと、真剣な声で言った。

「返事はいますぐじゃなくていい。親父が後見人になってる以上は、吉佐家もそうそう強気なことも言ってこないだろうしな」

「う、うん……」

「本当は俺の養子ってことにしたいんだが、それは止められた」

「え？　ちょ……それ、なんて言ったわけ？」

「普通に、自分の籍に入れたいって言っただけだぞ。ああ、おまえとのことは前に言っておいたから、あっちも折れたというか諦めたというか……小田桐姓に戻る条件でもあったからな」

「な……なに言ってんの……」

しれっとした顔をしているが、ようするに隆衛は実の親に向かって同性愛を告白したのだ。当主の衝撃は相当なものだっただろう。

「さすがに驚いてはいたが、俺についてはは一度諦めてたってのもあるからな。溜め息をつかれただけですんだ。で、家名に傷を付けないなら好きにしろってことになってる。ようするに世間にバレなきゃいいわけだ。俺の役目は、小田桐家の一員に戻ることだから、名を連ねてりゃいいんだよ」

一族の繁栄が当主にとっては最重要課題なので、プライベートは二の次と判断したらしい。まして一度は外へ出した次男だ。家を継いでいくのは長男とその息子たちに任せればいいという考えのようだ。

「そういうわけだから、安心して俺のそばにいろ。外から結婚を押しつけられることもないし、身内の反対に遭うってこともない」

「……うん」

障害は知らないうちに隆衛が取り除いていたらしい。恋人になってからも問題山積《さんせき》だとかまえていただけに、これはかなり拍子抜けだった。

「あんな力が二度と出ないように、俺がそばにいてやる」

耳もとで囁く声はけっして大きくないのに、力強く宏海の心に響いた。可能かもしれないと思えるのは、宏海が確実に変わりつつあるということだろう。

身体の力を抜いて隆衛にもたれると、耳の後ろに唇を押し当てられた。

甘いキスと一緒に紡《つむ》がれた、同じくらいに甘い言葉に、宏海は笑みを浮かべてゆっくりと目を閉じた。

硝子細工の指

準備ができるまでは自室で待機、と言われて約一時間。宏海《ひろみ》は言いつけ通り、自分の部屋で子守をしながら呼ばれるのを待っていた。

「宏ちゃんの番だよー」

いつの間にか心を飛ばしていたところを、幼い声に呼び戻される。

目の前には今年六歳になる甥――もちろん戸籍上のだ――が、大きな目をくりくりさせながら宏海を見つめている。

二人のあいだにあるのは甥の幸斗《ゆきと》が持ってきたボードゲームだ。ルーレットをまわしてコマを進めるという単純なものだが、はやりのアニメをモチーフにしたものなので、その世界観のなかでのゲームとなっている。

テレビを見ない宏海はまったくその番組を知らなかった。正直に知らないと言ったら、幸斗に「信じられない」と言われてしまったが、ゲームのシステム自体はスタンダードなものなので、問題なく三ゲーム目に入っていた。

「ごめんごめん」

宏海がゲームに戻ると、幸斗は真剣な顔でゲーム盤を見つめた。

幸斗の目もとは、どことなく隆衛《たかえ》に似ているな、と思う。隆衛の妹である亜由美《あゆみ》は隆衛に似ていないというのに。

子供の相手というのはかなり疲れるが、楽しくもある。子供の扱いには慣れていないのだが、幸斗は聞き分けがいいし、元気ではあるが大暴れするタイプでもなく、むしろ宏海の前では「しおらしい」という。会えばべったりくっついて離れないし、友衛《ともえ》や亜由美に倣《なら》って「宏ちゃん」と呼んで慕ってくれる。これで可愛く思わないはずがない。たとえ「友達」扱いであっても、ストレートに好意を示してくれることは心地よかった。

幼い子供を宏海に預けてくれる亜由美の気持ちが嬉しいからなおさらだ。危険だと判断されて隔離されていたような宏海に、我が子を任せるなんて、よほど信頼してくれていなければ無理だろう。

姉になった亜由美が一人息子を連れて遊びに来たのは、宏海が養子になる寸前のことだった。ずっと会わせてもらえなかったんだと口を尖《とが》らせ、初対面でいきなりぎゅっと抱きしめられたときは、さすがにドキドキしてしまった。美人にいきなりそうされたら、男として仕方ないことだろう。隆衛がムッとしていたことにそのときは気付けず、あとから隆衛に突っ込まれて必死で言い訳をしたのもいい思い出だ。

ちょうどゲームが終わり――幸斗が勝ったところで、ドアがノックされた。

「できたよー。二人ともおいで」

呼びに来たのは友衛だった。

歓声を上げて立ち上がり、幸斗はさっと宏海に手を差し出す。手を繋《つな》いで欲しがっているというふうではなく、まるでエスコートするのだと言わんばかりの様子だ。

「……ありがと」

「ヤバい笑える。ちっちゃい紳士がいる」

声を立てて笑う友衛を一睨《ひとにら》みしたものの、幸斗はなにか言うわけでもなかったし、感情に任せて手や足を出すわけでもなかった。子供らしい一面はあるものの、基本的に彼は大人びていて、宏海はしばしば感心させられている。

やはり幸斗としてはエスコートのつもりだったようだ。宏海が立ち上がると、子供と手を繋いでいるという構図になってしまうが、少しだけあとを付いていくような気持ちで廊下を進んでいった。

ダイニングテーブルには椅子が足されていて、五人分の食卓が作られていた。料理は和洋中とさまざまだが、いずれも宏海が好きなものばかりだ。中央にはフルーツたっぷりのバースデーケーキに、火のついたロウソクが立っていた。年齢の一桁《ひとけた》台の数字を取ったらしく九本だ。チョコレートプレートには、名前まで入っている。

絵に描いたような誕生日祝いの食卓に顔がほころぶ。宏海はダイニングの入り口で立ち尽くし、テーブルの上と、用意してくれた人たちの顔を順番に見つめた。

だが言葉は出てこなかった。感動なんて言葉は口にしたら安っぽく聞こえてしまう気がしていやだったのだが、いまはその言葉しか浮かんでこない。

「座れよ」

柔らかな口調で隆衛に促《うなが》され、ようやく宏海は頷《うなず》くだけの返事をした。礼の言葉は、いまじゃないほうがいいだろうと、指定された席に着く。いわゆるお誕生日席だ。宏海から近い場所に友衛と幸斗が座り、それぞれの隣に隆衛と亜由美が座っている。

「じゃあ始めよっか。宏ちゃん、ハッピーバースデー！」

高らかに叫び、友衛は手にしたクラッカーのヒモを引っ張りかける。だがそれは寸前で隆衛によって止められた。

「おい、早いぞ」

「そうよ。ロウソク吹き消してからじゃないの？」

「いいじゃん、何回もやればさ。いっぱいあるんだし」

言いながらヒモを引っ張ると同時にパーンと軽い音が響いた。細い紙テープが飛び出し、かすかな火薬の匂いがする。

どこか懐《なつ》かしさを感じた。

クラッカーなんて鳴らしてもらったことはなかったが、父親と一緒に花火をしたことは何度もあった。そのときの記憶がよみがえっていた。

音が鳴った瞬間、幸斗がびくっとしたのが見えたが、本人はすぐに取り繕《つくろ》っていたから、ここは指摘しないに限るだろう。子供なりにプライドというものがあるはずだ。

隆衛が室内の明かりを弱めると、ロウソクの炎がぼうっと浮かび上がった。

それから幸斗を中心にハッピーバースデートゥーユーが歌われて、宏海はロウソクの炎を吹き消した。同時に拍手が起きて、室内の明かりが戻る。

「おめでとーっ」

「ありがと」

「おめでとう。十九歳だな」

「……うん」

誕生日を祝ってもらうのは久しぶりだ。毎年、一つ年を取っていくその日を自覚しながらも、宏海にとってそれ以上の意味を成さなくなっていたのだが、今年は違った。

欲しいものをリサーチされ、当日はパーティーだからと予告され、準備のあいだは幸斗の子守をするという名目で準備作業から外してもらった。待つ時間すらも楽しく過ごせた。宏海が遊んでやっているのか、幸斗に遊んでもらっているのか、微妙なところではあったのだが、それなりに楽しかったことは間違いなかった。

「プレゼントはあとでいいよね？　お腹空いちゃったよー」

「あ、うん。俺も」

それに幸斗もだろうと、宏海は大きく頷いた。テーブルに載った料理のなかには温かいものもあるのだし、せっかくのごちそうは一番美味《うま》い状態で食べたいところだ。

和《なご》やかに食事が始まって、食べながらいろいろな話をした。

幸斗の幼稚園の話や、友衛の大学やモデルの話が中心だ。隆衛の話はどうしたって仕事中心で難しくなるからか、話題には上らなかった。

「美味《おい》しい？」

「うん」

亜由美に心配そうな顔で尋ねられ、宏海は笑いながら頷いた。彼女は料理が苦手だと常に言っているのだが、今日は宏海のために二品作ってくれた。春巻きと冷製パスタだ。どちらも文句なく美味くて、どこが苦手なんだろうかと首を傾《かし》げるほどだった。

「ほんと？」

「嘘言わないよ。苦手だって言うから身がまえてたんだけど、すごい美味しいじゃん」

「よかった。あれよ、別に味覚音痴とかそういうことじゃないの。包丁がだめなのよ。まともに使えないの」

「俺もへただけど……」

「わたしの場合はね、怖くて持てないの。刃物がだめで。だから今日も切るのは隆衛兄さんに任せたわ。あ、でも不器用とかじゃないのよ?」

なるほど、と頷き、宏海はまじまじと亜由美を見つめた。

彼女は美人でスタイルもよくて、性格もさばさばしていて面倒見のいい人だ。顔立ちは友衛によく似ていて、身長は宏海と同じくらいある。まるでモデルのような人だった。

息子の幸斗は、不思議と彼女には似ていない。祖父である当主に似ている。つまり隆衛にも似ているということなのだ。

「亜由美、普段どうしてんの?」

「お姉ちゃんと呼びなさいよ。普段はキッチンバサミとピーラーと万能スライサー。ちなみにうちに包丁はない」

「ああ……」

呼び方を強要するところも友衛そっくりだ。兄弟のいない宏海には、彼らのやりとりはいまだに新鮮だった。いまは宏海の兄弟でもあるのだが。

楽しげに話している姉弟は置いておき、宏海は幸斗に話しかけた。さっきから彼は、おとなしくラザニアを食べていた。

「美味しいよね、これ」

「うん。宏ちゃんも好き?」

「好き」

自然と笑みがこぼれる。幸斗は見た目もだが性格も可愛くて、一緒にいるだけで自然と笑顔になってしまう。隆衛は意地悪く「猫をかぶってる」なんて言うが、とても信じられなかった。

気がつくと、隆衛たち三人が無言でこちらを見つめていた。微笑《ほほえ》ましげな視線に少しだけ恥ずかしくなった。

「なに……？」

「いや、可愛い光景だなと思ってな」

「和むわー」

「ほんわかしちゃってるよね」

「……なにそれ……」

子供扱いされているように思えて宏海は少しだけ口を尖らせる。それが子供っぽいことも、気にすること自体が子供なのだとわかっていたが、ついしてしまう。

そんな宏海を、年長者たちが優しげに見つめてくるから余計に恥ずかしいのだ。

この家に来て——というよりも、隆衛と出会ってから、宏海は温かな愛情や好意に包まれてきた。

隆衛が宏海を気にしてくれたから、彼をきっかけに小田桐家の人たちも宏海を受け入れ、家族として迎えてくれたのだ。

数年間これといって接触のなかった当主も、さすがに息子になったせいかなにかと声をかけてくれるし、会うこと自体なかった長男とも何度か会って話しもした。彼はとても穏《おだ》やかな人で、これまで宏海と会うこともなかったことを詫《わ》び、隆衛を頼むと言ってくれた。

会わなかったのは当主の意向だったことは、当主自身から教えられた。安定していない宏海を、次期当主に会わせるのは危険だと判断したためだったらしい。いまでは精神的にも安定し、多少のことでは力は発動しなくなった。ずっと家にいたらわからなかっただろうが、隆衛に何度も外へ連れ出され、さまざまな人間と接したり言葉を交わしたりした上で、宏海自身も確信できたことだった。隆衛も当主と長男にそう報告していた。

その二人からも、誕生日プレゼントが届いているという。二人とも仕事で遠方に行っているが、一部の料理の手配もしてくれた。

同じく止められていた亜由美も、いまでは頻繁《ひんぱん》に顔をあわせている。宏海は母親と親友の彼女のせいで女性に対して少しだけ苦い意識があったのだが、彼女のおかげでそれが払拭《ふっしょく》されたといってもよかった。

「お誕生会はやっぱり楽しいわよねぇ」

「一番近いのって誰だっけ」

「一衛《かずえ》兄さんよ」

「あー……さすがにそれはちょっと無理か」

一衛はすでに家庭があるし、そうでなくても長男の彼は友衛や亜由美にとって近づきがたい存在であるようだ。兄弟仲は悪くないが、年が離れているのと次期当主であるという理由で、一種の遠慮のようなものがあるらしい。少なくとも気安く食事に誘える相手ではないようだ。

カリスマ性がないとか頼りないだとか、一部の親類たちは否定的なことを言っているが、宏海から見ればけっしてそんなことはなかった。思慮深く堅実で、静かな迫力のある人だと思った。彼に当主たる資質が足りないという者は、表面的な物腰しか見ていないのだろう。

「その次は……あ、幸斗ね」

「五月だっけ」

「そうそう。宏幸《ひろゆき》さんと一緒」

亜由美は宏海の顔を見つめ、ふふといたずらっ子のように笑った。

この話は初めて会ったときに聞いていた。彼女の初恋は宏海の父親の宏幸だったそうで、くしくも同じ誕生日となった息子に、一文字取って幸斗とつけてしまったというのだ。打ち明けられたときは唖然《あぜん》とし、そしてじわじわと嬉しくなった。亜由美が宏海を可愛がってくれるのは、亡き父のおかげでもあるのだ。

「そうなのか？」

「うん。あれ、言ってなかったっけ？」

「初耳だな」

聞いてないぞ、という視線が隆衛から飛んできたが、宏海は気付かない振りを決め込んだ。口止めはされていなかったものの、なんとなく言いそびれて今日まで来たのだ。

付きあい始めてわかったことは、隆衛が思っていたよりずっと独占欲が強いことだった。本人も意外だと言うほどに。

だがそれは束縛には繋がらなかったし、ほんの少し拗《す》ねてみせる隆衛が妙に可愛く思えたりして、マイナス要素に繋がるものではなかった。

パーティーはにぎにぎしく終盤を迎え、ケーキを切り分けて食べて、少し寛《くつろ》いでから解散となった。幸斗がいるので、早めの解散となったのだった。

九時近くなった頃、亜由美と幸斗の親子は母屋《おもや》に帰っていき、簡単に片付けしたあとで友衛も戻っていった。

あっという間の三時間だった。

にぎやかだった分、みんなが帰ってしまうとことのほか離れが静かに思える。一抹《いちまつ》の寂しさを感じてしまうのは仕方ないことだろう。リビングも心なしか広く感じた。

くすりと笑った隆衛は、そんな宏海の心情に気付いているようだった。

「やっと恋人の時間だな」

「……夕方まで、ずっとそうだったじゃん」

「メールやらなんやら来てただろ。昼には友衛が押しかけて来やがったし」

「一コだけじゃん。友衛はランチ持ってきてくれただけだし」

準備をするからと言ってやってきた友衛は、気を利かせて予告付きで弁当を持ってきてくれたのだ。誕生日だからきっと盛り上がって食事の支度もままならないだろう、という読みのもとに。あながち間違っていないのが悲しいところだ。

日付が変わった途端に、パーティーのときは大勢になってしまうからいまのうちに……などと言って、隆衛はなかなか寝かせてくれなかったのだ。

さすがにいまは、ただ後ろから抱きしめているだけで、いやらしい真似をする気はないようだった。恋人同士のスキンシップのソフトバージョンだ。

会話が途切れ、ようやくゆっくり考えられる状態になった。日付が変わってからずっと、そんな余裕もなかったのだ。

「十九か……」

あと一年で成人するというのが、宏海にはいま一つピンと来なかった。もう何年も社会から離れていたし、実年齢を実感する機会もなかったせいだ。さすがに隆衛たちと関わるようになってからは、否応《いやおう》なしにいろいろと実感させられているのだが、それでも実感として薄かった。

「それがどうした？」

「まだ全然大人じゃないなと思って」

「当然だろ。いまどき、二十歳でちゃんと大人になれる日本人は少ないと思うぞ。普通の生活をしてもな」

「そんなもん？」

「そんなもんだ。むしろ、おまえは大人なほうだと思うぞ。おまえが思ってるより、世の中はガキが多いんだ。たとえ三十過ぎてても、社会に出ててもな」

うんざりしたようにも聞こえる言い方には、隆衛の実感が込められていた。仕事で関わる者たちのなかに、彼が言う「ガキ」がいるのかもしれなかった。

「隆衛さんから見て、俺はそんなにガキじゃないんだ？」

「そうなるな。世間知らずだけどな」

「そこは……まぁ……」

いろいろと発展途上なのだと自らを慰《なぐさ》める。社会復帰のための訓練もそうだが、英会話を学んだり、通信教育で行政書士の資格を取ろうと勉強中でもあるのだ。隆衛には言っていないが、ほかにもビジネス系の資格を取りたいと考えている。隆衛は宏海の復学を望んでいるものの、宏海としては一日でも早く隆衛の役に立ちたかった。

成長を自覚することも、たまにはある。一番は料理の腕前が上がったことくらいだろうか。まだまだ包丁使いは危なっかしいと言われるが、ほとんど失敗はしないし、得意料理もできた。

あとは力の発動に関してだ。外へ出れば苛立《いらだ》つことも、ムッとするようなこともあるが、うまく感情を散らす方法も身に付けつつある。多感な年頃を抜けたせいもあるだろうし、隆衛たちのおかげで気持ちが落ち着いているというのもあるのだろう。

「あ、なんか来た」

ポケットに入れっ放しだったスマートフォンが振動を伝えてきた。必要はないからと言ってはいたのだが、結局は与えられるまま使っているものだ。やりとりをする相手は、ほぼ隆衛と友衛と亜由美なのだが。

友衛か亜由美だろうかと思って開いてみて、宏海は目を瞠《みは》った。

雄介《ゆうすけ》だった。バースデーメールで、文面は短いが祝いの言葉が綴《つづ》られていた。

自然と顔がほころんだ。雄介からもらえるなんて――というよりも、小田桐家の人たち以外からもらえるとは思っていなかったから喜びもひとしおだ。メールをもらったこともだが、誕生日を覚えてくれていたことが嬉しかった。

「嬉しそうだな」

耳もとで響いた声に、はっとした。

「ご……ごめん」

恋人の目の前で、かつて想いを寄せていた相手からのメールを見て喜びを嚙《か》みしめているなんて、無神経と言われても仕方ないだろう。

腕のなかで振り向くと、隆衛はわずかに苦笑していた。

「気にするな。嬉しいのはしょうがない。ただ、もうそろそろ俺のことも思い出して欲しかったな」

「忘れてたわけじゃ……っ」

「もういいな？」

「あっ」

隆衛は宏海の手からスマートフォンを取り上げ、そのままメールを閉じてしまった。一方的な行動だが、宏海は文句を言うつもりはなかった。しぐさはあくまでゆっくりと丁寧なものだったし、隆衛は笑ってさえいたから、いまのはパフォーマンスに近いものなのだ。

恋人を放っておくな、と言いたいのだろう。

「いまは恋人の時間だ、って言ったろ？」

軽いキスが唇に落ちる。

毎日キスされていればさすがに慣れて、最初の頃のように動揺することもなくなった。だからといって、なにも感じなくなったわけではない。変わらず胸はときめいた。

穏やかな日常のなかにも、ちょっとした刺激はあるものだ。人と関わるようになれば当然だし、いずれは外へ出ようとしている宏海には、特に対人関係の刺激は必要なことだった。

たとえそれが、一族の者であっても。

「なんかドキドキしてきた」

母屋に来ること自体はもう慣れた。少なくとも週に一回は、当主を交えて食事をすることになっているからだ。

今日は親類の者を一人紹介するから、と言われ、宏海は隆衛とともに出向いてきていた。

「俺、会ったことないよね？」

応接室に向かう途中、宏海は小声で尋ねた。

「どうかな。同じ場所にいたことはあったかもしれないぞ」

「ああ……先代のお葬式のときとか？」

「機会と言えば、それくらいだな」

宏海は数えるほどしか本家に来ていなかったのだ。宏海に小田桐家と無縁でいさせようという、宏幸の意図があったからだ。これはなにも母親がいやがっていたからではなく、宏幸自身の考えによるものだった。一族内に力関係があったり、常に他家を意識して牽制《けんせい》しあったりしているから、宏海には関わらせたくなかったのだろう。

「人がいっぱいだったからなぁ……」

先代当主の葬儀は大きなものだった。喪服《もふく》姿の大勢の人たちに圧倒されたことを覚えている。悲しみがあふれるというよりも、言いようのない緊張感が漂っていて、精神的にかなり疲弊《ひへい》したことも。あとは遊んでくれたお兄さん――ようするに隆衛のことくらいしかなかった。

「こういうことって、これからはちょくちょくあるのかな」

「どうだろうな。まぁ……うちの四男になったんだし、あるかもな」

特殊な事情を考慮して、宏海は必要最低限の行事にしか顔出ししなくていいことになっている。当主の意向とはいえ、親類のなかには宏海が養子になったことを歓迎していない者も多いのだ。むしろそのほうが多いと言っても過言ではなかった。もちろん口に出す者はいないらしいが。

そんななか、あえて紹介するというのだから、そこには理由があるのだろう。

どんな人物かは隆衛から聞いている。当主の弟の息子で、隆衛とは同じ年。ようするに宏海にとって戸籍上は従兄弟《いとこ》に当たる人物だという。人柄については「真面目《まじめ》」としか聞いていない。隆衛はそれほど接触がなく、渡米してからは一度も会っていないので、その程度しかわからないと苦笑していた。その苦笑の仕方になにやら含むところがあるように感じたのだが、追及しても理由は言ってもらえなかった。不確実なことだから確かめてから言う、と意味ありげに告げて。

応接室の前まで来ると、隆衛はノックしてからドアを開けた。

室内には当主と長男の一衛、そして従兄弟だという男性が座っていた。その視線が、まっすぐ宏海に向けられたのを感じ、ただでさえ緊張気味だったのがますますひどくなった。

人の視線にはまだ少し身がまえてしまう。親しくなった相手ならばいいが、そうでない人の場合は硬くなってしまうのだ。

視線を浴びたまま宏海は軽く頭を下げ、隆衛と並んで長椅子に座った。従兄弟とは一瞬目をあわせただけだった。

「早速だが、紹介するよ。この子が宏海だ。これから顔をあわせる機会も増えると思うが、よろしく頼むよ。こちらは小田桐保《たもつ》といってね、わたしの甥だ」

「初めまして……でいいのかな。たぶん、初対面だと思うけど」

保は宏海をじっと見つめたまま、にこりと笑った。作った笑顔だということはわかるが、初対面の相手なのだからそれは当然とも言える。宏海に至ってはぎこちなく笑うのが精一杯で、愛想笑いにもなっていないくらいだ。

顔立ちは整っているほうだろう。だが派手さはなく、神経質そうな印象を受ける。かけているメガネのせいもあるだろうが、なにより雰囲気からしてそうだった。隆衛が「真面目」としか言わなかったのも妙に納得だった。

「初対面だと思います。俺は、その……ほとんど本家に来たことはなかったので」

「そうらしいね。これからよろしく」

「はい」

上品でありながら歯切れがよく、キビキビとした印象の話し方だ。物腰もどちらかと言えば柔らかいほうだし、目つきもけっして鋭くはないのだが、視線は強く、宏海は余計に落ち着かない気分になった。

怖いというのは失礼だろうが、逃げ出したいと思ってしまった。理由は宏海自身にもよくわからない。迫力といえば当主のほうがずっとあったし、初対面のときも相当緊張したものだったが、怖いとは思わなかったのに。

俯《うつむ》いて膝の上で手を握りしめていると、隆衛があやすようにして軽くその手を叩いた。ただそれだけのことに、ひどく勇気づけられる。宏海は一呼吸置いてから顔を上げ、保の顔を見つめた。目をあわせるまではできずに、視線は口もとに置いてしまったが。

「保は最近までタイで会社を経営していたんだよ」

「国内情勢の問題でね、手を引いたんだ」

すかさず、といった調子で、保は当主の言葉に続けた。どこか言い訳じみて聞こえたが、それを口に出すような宏海ではなく、小さく頷くだけに止《とど》めておいた。

「彼には一衛の補佐をしてもらうことになった。生活もこちらになる」

本当に顔見せ程度のことらしく、それから少し雑談をしたあと、宏海は離れに戻ることになった。

隆衛は仕事の話があるという。

母屋から一人で帰ろうとしていると、後ろから友衛が声をかけてきた。

「俺も行くー」

「いいけど……」

「勉強見てあげるよ。専門のは無理だけど、英語とかならね」

「ありがと」

友衛は見た目や雰囲気こそちゃらちゃらしているが、成績は非常によく、要領よく大学の単位も取得している。出席に関してはギリギリらしいが。

母屋から出て建物から離れると、待っていたように友衛は溜め息をついた。

「保に会ったんだよね？　どうだった？」

「え？　どうって……緊張したよ」

「あー、うん。緊張はするよね、宏ちゃんだもんな。じゃなくて、保の印象っていうか、どう思ったかなって意味」

「ああ……」

問いかける友衛の顔がどこか苦々しいように思えた。あまり好意的でないことは、この段階でわかってしまう。

少し考えて、宏海は正直に言うことにした。

「ちょっと怖いかな、って思った。なんていうか……笑顔だし、口調とか丁寧なんだけど、絶対あれって俺のこと見下げてる」

途端に友衛は意を得たといったように大きく頷いた。

「いかにも、やりそー。気にしなくていいよ、それ。あいつ、昔っからそうだから。俺に対してもだから」

「え？」

「マジマジ」

「なんで？」

「自分より劣ってる、って思ってんじゃないのー？　でさ、おかしいのは、兄貴に対してライバル意識燃やしちゃってんの。昔っからだよ。同じ年ってのが大きいんだろうけどね」

「へぇ……」

「タイで事業始めたのだって、兄貴が会社起こしたからだしね。けど、行き詰まってたらしいよ。本人は国内情勢のせい、って言ってるみたいだけど」

「あ……それ聞いた気がする」

「言い訳、言い訳。実際は本人のせいなんだよ。ようするに、いろいろと力不足。あ、これ保には言うなよ。切れるとマズいから」

「言わないって。対人スキルは低いかもしれないけど、空気は読めるんだからな」

　人の感情をひどく気にするようになったせいか、昔よりもはるかにその手のことには敏感になった。特に相手を不快にさせるだろうことに関しては、考えるより先にブレーキがかかるほどだ。自分でもいやになるほど、他人の負の感情を気にしてしまう。

「でもさ、あの人って一衛さんの補佐みたいなことするんだろ？　優秀でないと、当主の側近にしたりしないよね？　いくら従兄弟だっていっても」

「ナンバーツーで能力発揮するタイプなの。求心力と判断力と決断力のあるトップの横で、細かく調整したりフォローしたりさせると、抜群なタイプ……らしいよ。親父に言わせると」

「へぇ」

　それはそれですごいことだと宏海は思うのだが、本人はそれでは満足できないのだろうか。あるいは自身のことをよくわかっていないのかもしれない。

隆衛とは違うタイプだな、とぼんやり思った。

「適材適所ってやつだね。トップ向きじゃないいんだよ」

「自覚ないのかな」

「ないっていうか、認めたくないって感じ？　あとで兄貴に詳しく聞いてみれば。子供の頃から兄貴の後追《あとお》いしてるから、兄貴もいい加減うんざりしてると思うよ」

「それって、真似するってこと？」

「ライバル視してるって言ったじゃん。なんかね、同じことして兄貴と肩並べたがるんだよ。で、いつもうまくいかない」

「……懲《こ》りないんだね」

ある意味で、精神的にかなりタフなのではないだろうか。宏海だったら最初の二回か三回で挫折《ざせつ》してしまいそうだ。

「自分への言い訳がうまいからね。いつも誰かのせいにしてるっていうか……今回も国内情勢がどうのだったし」

「ああ……」

「しかも兄貴がいろいろ結果出すのは、直系に出る力のせいだって思ってるらしいしさ。『成功』の力のおかげだって」

「そんな……」

思わずぽつりと呟《つぶや》いていた。

宏海は仕事のことをよくは知らないし、自分がそうだから「力」の存在を否定することもできない。隆衛の成功に、その不可思議な「力」が作用していないと断言することもできない。だが隆衛の努力や時流を読み取る力、あるいは判断力などが、無関係であるはずがないとも思っている。惚《ほ》れた欲目をなしにしても、そう信じているのだ。

「まぁ、なかには兄貴のことそう思ってる連中もいるってことだよ。保だけじゃなくてね。一族の連中っていっても、いろいろだから」

「それって……保、さんの実家……とか？」

「あ、それは違うよ。むしろ逆。このへんも、宏ちゃんには知っててもらおうと思ってさ。だから俺、いまこんなにベラベラしゃべってんの」

暗《あん》にただのおしゃべりや噂話《うわさばなし》じゃないのだと友衛は言う。

離れに着くと、まずお茶をいれてダイニングテーブルにテキストを広げたが、互いに勉強をするという姿勢ではなくなっていた。

「叔父さん……つまり保の父親は、小田桐家のことを一番に考えてる人なんだよ。当主の弟として、兄を支えようって意識が、すっげー強いの。だから保のことは頭痛いみたいだよ。育て方を間違ったって、親父に謝ってたし」

「え、そこまで言わなくても……だって、別に道踏み外したってわけでもないのに」

犯罪行為に手を染めたとか、他人に大きな迷惑をかけたというならともかく、話を聞く限りそうではないようだ。今回も事業はうまくいかなかったようだが、倒産まではしていないようだし、育て方云々《うんぬん》の問題ではないだろう。

「まぁ、うちは特殊だから」

「……よくわかんないよ……」

「だよね。俺もさぁ、そういうのいやで、実家のあれこれから逃げまわってたとこあるし、評判悪くて分家の連中からボロクソ言われてるんだよね」

「そうなのか？」

「うん。だから宏ちゃんの感覚もわかるんだけど……やっぱ小田桐家の三男なんだな俺、っていま自覚したわ。うん。思いっ切り、うちの基準になってた」

批難されることに対して思うところはあるようだが、一方でそれが当然だとも思っていたようだ。

友衛は苦笑いを浮かべた。

「なんだかんだで古くさい家なんだよ」

「でも俺は小田桐家の人たち好きだよ？　お……お養父《とう》さんも一衛さんも……」

もちろん隆衛も友衛も、亜由美も幸斗もだ。少しばかりそれを早口で言うと、友衛は嬉しそうに破顔した。

「わかってるって。兄貴が一番ってことも含めて、みんなわかってるよ」

「そ……そういうのに順番なんかないよ……っ」

「あー、そっかそうだよね。家族と恋人は比較できないもんねー」

けらけらと笑う友衛は心底楽しそうだ。揶揄《やゆ》しているわけではなく、兄弟のコミュニケーションの一環らしい。

「話、それてるよ」

「あ、そうだった。でね、とりあえず本家預かりにして、保の意識とかいろいろを矯正《きょうせい》したいって考えみたい」

「それ……本人は知ってんの？」

「たぶん知らないね。次期当主の右腕って感じになるんだけど、たぶん本人は不本意なんだと思うし。どうだった？　保の様子」

「どうって……」

「不機嫌じゃなかった？」

保の様子を思い返し、思わず宏海は首を傾げた。初対面だからなんとも言えないが、きわめてビジネスライクだったはずだ。そう告げると、友衛は鼻白《はなじろ》んだ様子で「ふーん」とだけ呟いた。

彼がこんな態度になることは珍しい。よほど保が嫌いか、馬があわないのだろう。

「昔から？」

「あ？　ああ……保のことなら、そうだよ。俺はあっちのこと嫌いだし、あっちは俺のことバカにしてるしね。ぶっちゃけ、兄さんのことも下に見てると思うよ」

「まさか」

一衛は保よりも年上だし、次期当主でもある。カリスマ性に欠ける部分があるにしても、それを補って余りある人格者なのだ。下に見られる理由などないはずだった。

「同世代の一族のなかで、保が認めてんのは兄貴だけだよ」

「一応、隆衛さんのことは同格って見てるんだ？」

「かろうじてね。肉薄してるとは思ってんじゃない？　差が付いたのは『成功の力』のせいってことになってるわけだし」

「うーん……そういうのって、友衛の推測？」

「いーや。親父たちの見解」

「たち……」

「兄さんと叔父さんも含めて。俺だって直系の一人だからね、将来兄貴の手伝いするって決めたし、いろいろ話しあいにも加わってんの」

「へぇ」

なるほど、と宏海は納得する。年若いとはいえ、小田桐家の三男としての役割というものがあるらしい。

他人ごとのように感心していたら、友衛は少し呆《あき》れたような顔をした。

「すっかり他人ごとって感じだけどさぁ、宏ちゃんも四男だからね？」

「え？」

「だからこの話をしてるんじゃん。そろそろ自覚してー、宏ちゃんは小田桐家の……本家の息子の一人なんだからさ」

養子になったからといって、宏海の意識は良くも悪くも大きく変わっていなかった。父親となった人物は、やはりいまでも「当主」という感覚だし、一衛にしても兄というよりはまだ親戚《しんせき》の人という意識だ。友衛はそれよりは近いものはあるが、やはり兄弟という感じではない。隆衛に至っては先に恋人の関係になったものだから、兄弟意識は皆無に近かった。

「……うん……」

それでも宏海は頷いた。自覚ができたわけではないが、そういうものなのだと理解はした。小田桐家の四男として名を連ねたということは、相応の責任も負ったということだ。相応《ふさわ》しい意識を持つこと、覚悟が必要になる。そしてなにかの折に人前へ出るときは、相応の振る舞いをしなくてはならないということだ。

　事前に隆衛から言われてはいた。面倒なことも背負い込むことになるが、それでも総合的に考えれば小田桐家に迎えたほうがいいと思うし、なにより自分がそうしたいと。

　あのときはここまで深く考えていなかった。養子になることに対して、分家がうるさく言ってくるのだろう……くらいに思っていた。

　宏海は深く溜め息をついた。

「俺……あんまりちゃんと考えてなかった」

「いや、普通じゃない？　本当はきっちり説明してから、返事させるべきだったんだと思うよ。それをしなかったのは、兄貴のずるさだよね。宏ちゃんを籍に入れるために、わざわざ不利になるようなこと言わなかったんだもんなぁ。一種の詐欺《さぎ》じゃん」

「ひどい言われようだな」

「げっ」

　いきなり飛んできた声は不機嫌なものではなかったが、友衛は顔を引きつらせていた。まずいことを聞かれたと焦《あせ》っているようだった。

隆衛は宏海の隣に椅子を引き、斜め前に座る友衛を見た。

「保護の意味が強いのは確かだぞ。四男として行動してもらう日も来るだろうが、誰かの葬式や法事くらいだろ。盆と正月のあれは、どうせ俺たちも出ないしな」

うんざりした調子で言うと、友衛もあっさり同意した。年始の集まりと、盆の人の出入りは、隆衛に言わせると面倒くさいだけのものらしい。新年の集まりは隆衛が出なかったので、当然宏海も出ておらず、具体的なことはなにも知らないのだが。

「プレッシャーかけるような言い方するなよ」

「そんなつもりじゃなかったんだけどさ、宏ちゃんがいつまでも他人行儀な感じだから、つい……ごめんね」

まさか謝られるとは思っておらず、宏海は慌《あわ》てて首を横に振った。こういうときに、とっさに言葉が出てこなくていやになる。あとになればいくらでも浮かんでくるというのに。

それから間もなく、友衛は帰っていった。あとは隆衛に任せるということらしい。結局勉強はまったくしなかった。

ダイニングテーブルからリビングのソファへと移動して、いつものように抱き寄せられる。二人きりのときは、これが当然になってしまった。話をするときも、ただ寛ぐときも、ポジションはこれだった。

「どこまで聞いた？」

「えーと……保さんが昔から隆衛さんをライバル視してることと、実は一衛さんとか友衛のことは下に見てるってことは聞いた。それでタイでの仕事は実は失敗だったとか、それを自分以外のせいにしてるとか……逆に隆衛さんが成功したのは『力』のせいだって認識だとか……そんな感じ。あ、それと叔父さんのことも」

「会ったことはないんだったな」

「うん。もう少し落ち着いたら、ってことになってて」

まるで寡黙《かもく》な武士のような人だと聞いてはいる。個人的に彼が宏海のことをどう思っているかは知らないが、当主の決定は受け入れる人らしい。

「あの人は異様に親父への忠誠心が強いんだよな。心酔してるって言ってもいいくらいだ。しかも小田桐家の直系としての責任感みたいなものが人一倍強くて、生真面目だ。分家としては筆頭だから、余計にそうなんだ。他家の見本にならねばって意識だな」

「息子はそうならなかったんだね」

「反動ってやつかもな。その点については、叔父も気にしてる。俺にこだわりすぎて、本来の能力を発揮できていないことも含めてな」

「一衛さんの部下になれば、変わるのかな」

「あー……それなんだがな……」

途端に隆衛は言葉を濁《にご》した。苦笑まじりの様子に、宏海はなんだろうと首を傾げた。困った様子というよりは、やや持てあまし気味といった印象だった。

「無理っぽい？」

「それはわからないが、俺にとっては笑えない目論見《もくろみ》があってな……」

「んん？」

「親父と叔父が話しあったすえのことなんだが……実は最終的に、保は俺の補佐にしたいらしい。あいつにとっちゃ屈辱《くつじょく》だよな」

「え……」

「現状じゃ到底無理だろ？　だから、まずは次期当主の……ってことにしたんだよ」

最終的に目論見通りになるのだろうか。宏海ですらあやぶんでしまうのだから、隆衛の苦笑いも当然だろう。

だが当主や叔父は勝算があってのことらしい。そして関連事業は一衛ではなく隆衛に任せたいという意図があるようだった。一衛には当主として一族をまとめてもらい、隆衛には外での働きを求めているわけだ。

「プライドへし折るやり方は、あいつには逆効果だろうしな」

「打たれ弱い？」

「わりと」

「だよね。そんな感じ」

人のことはとやかく言えないが、保は挫折したらなかなか立ち直れないタイプに見えた。話を聞いていると、すでに挫折感を味わっていても不思議ではないのだが、そのたびにさまざまな言い訳と責任転嫁で現実から目をそらしてきたようだ。

どのみち宏海には直接関係することではない。そのときはそう思って、いくぶん暢気《のんき》に話を聞いていたのだった。


保という新たな住人は現れたものの、それもあくまで母屋でのことであり、離れにばかりいる宏海には、ほとんど関係ないことだった。食事に呼ばれて行くこともあるが、保は一衛とともに仕事で出ているこどもあるので、まだ一緒に食事をしたこともない。まともに会ったのも、初顔合わせのときだけだ。

そんな状態で二週間ほどたった頃だった。

「やぁ」

いつものように庭の手入れをしていたら、不意に声をかけられた。

宏海は剪定《せんてい》ばさみを手にしたまま振り返り、声の主を認めてしばらく啞然としてしまった。前触れもなく現れたことに驚いたわけではなく、彼が――保がにこやかな笑みを浮かべていたことに驚いてしまったのだ。

垣根越しに、保がこちらを見ていた。あらためて彼を見ると、以前とは少し印象が違って見えた。室内でスーツ姿だった前回と、屋外で私服のいまでは、違っていて当然かもしれないが。

とりあえず今日の彼が若く見えることは間違いなかった。

「自分で手入れをしてるんだ？」

「あ……こ、こんにちは」

「偉いね」

「しゅ……趣味、なので……」

最初は暇つぶしだった。暇を持てあまし、なにかしなくては……という気持ちから草むしりを始め、次第に木の手入れや、花の世話もするようになり、すっかり庭いじりが好きになってしまった。ガーデニングではなく、あくまで庭いじりなのだ。

「いつも庭いじりしてるの？」

「天気がよければ……あ、時間があるときだけですけど……」

毎日のことではないと、言い訳のように告げた。離れに引きこもってなにもしていない、などと思われたくはなかったからだ。

「……今日は休みなんですか？」

「そう。だから庭を散策してたんだよ。何度も来てるけど、じっくり見てまわったことはなかったからね」

「広いですもんね」

隆衛に連れられて敷地の隅々まで歩いてまわっていた時期もあったが、所有している山に続いていることもあって、かなりの時間と運動量を要した。いくら郊外とはいえ、敷地内で散歩が可能なこと自体が異様なことだ。このあたりの感覚に宏海はまだ慣れていなかった。

「一衛さんから、よく君の話を聞くよ」

「え……」

「努力家だって」

にこりと笑う顔はあからさまに作ったものだが、ビジネス用としては上出来なのだろう。本心はどうあれ、四男の宏海を無視するわけにはいかないはずだし、見かけたからには挨拶《あいさつ》や愛想笑いの一つでも、と思ったのかもしれない。

「勉強は友衛が見てるんだって？」

「はい」

「まぁ、優秀だからね。彼も」

「そうですね」

「曜日は決まってるの？」

「いえ、特には。大学とか、モデルの仕事とかあるから……週に二回くらいです」

顔を出すだけならばもっとその機会はあるのだが、勉強となればそれくらいの頻度だ。

問われるままに答えていると、不意に空気が変わった。特に敏感でもないはずの宏海でもわかるほど、それはあからさまな変化だった。

「あ……」

「あれぇ？　保サンじゃーん」

刺々《とげとげ》しい声を出したのは友衛だった。彼に続いて、隆衛が近づいてきた。玄関のほうからまわって直接こちらに来たようだった。

かまえた様子の友衛と違って、その隣にいる隆衛は普段と変わらなかった。きわめて自然な、隆衛らしいフラットな様子で、保のことは一瞥《いちべつ》しただけだった。

「どーしたの？」

「散策中にね、姿を見かけたものだから」

「ふーん」

警戒心をむき出しにし、友衛は宏海の横にやってくると、庇《かば》うようにして前に立った。だがそれ自体にあまり意味はなかった。保の意識は隆衛へと向けられていたからだ。当の本人は視線に気付いているのかいないのか、ポケットに手を突っ込んだままのんびりと歩いてきた。

「庭いじりのときは帽子かぶれって言ったろ」

「あ……そうだった……」

「上がってくか？　茶くらい出すぞ」

隆衛が保に目をやってなんの気なしに告げると、あまりにも予想外だったのか、保は一瞬反応に困っていた。

だが本当に一瞬のことだ。すぐにそつのない笑みを浮かべ、ゆるりとかぶりを振った。

「せっかくだけど今日は遠慮するよ。またの機会にぜひ」

「そうか」

「じゃあ、僕はこれで」

悠然と微笑んで、保は離れから遠ざかっていった。彼が背を向けた途端に、宏海はほっと息をついてしまった。

たった数分のことで、どっと疲れた。やはり慣れない人と二人きりで話すというのは神経を使うようだ。

「……なにあれー」

「散歩の途中だって」

「それは聞いたけどさ……なんか、嘘くさい」

「ええ？」

「なにか言われなかった？　イヤミとか皮肉とか慇懃《いんぎん》無礼なこととかっ」

「ないない」

慌てて否定したが、友衛は納得していない様子だった。よほどいやな思い出があるらしい。

仕方なく、宏海は会話の内容を話して聞かせることにした。それほど長く話したわけではないから、ほぼ漏らすことなくやりとりを伝えられた。

隆衛はなにやら思案顔だ。そして友衛は、苦虫を噛みつぶしたような顔をしていた。

「なんか企《たくら》んでるね」

「まさかぁ」

「甘い。宏ちゃん甘いよ。タイミング的にも不自然だし、態度も嘘くさいじゃん」

「そうなのか？　まぁ、営業スマイルだなとは思ったけど。俺に好意持つ理由とかないし、そこは当然だろ？」

「イヤミも皮肉もないってのが不自然なの。親父の前ならともかく、宏ちゃんと二人っきりなら絶対言うはずだもん」

「どんな人だよ、それ……」

ほぼ初対面の相手にイヤミや皮肉を言うのが当たり前、という人間がこの世にはいるらしい。あるいは友衛の感情が特殊なフィルターを作り出して、そういった認識になっているのかもしれないが。

いずれにしても、宏海に対する態度は友衛にとってイレギュラーなことだったようだ。

絶対に裏があると言い張ってキリキリする友衛に対し、隆衛は鷹揚《おうよう》な態度だ。それがまた余計に友衛を焦らせる要因になっていた。

「なにか企んでるに決まってるのに、なんでそんなに暢気なんだよ」

「まぁ……あれだ。うるさいし面倒くさいやつだが、根は素直なやつだからな。複雑そうに見えて、わりと単純で」

「ぬるいっ。宏ちゃんになにかされたらどーすんだよ」

「え、俺？」

「はっきり言ってないけど、宏ちゃんが兄貴の恋人だってことは、わかってるはずじゃん。養子がその意味も兼ねてるってこともさ。なのに、そのへんまったく突っついてこないのがおかしいって言ってんの」

「あいつもバイセクシャルだからだろ。同性愛云々で、人をとにやく言えないんだろうさ」

「え……」

「うそ、マジで？」

宏海同様に友衛も目を丸くした。

「なんでそんなこと知ってんの……？」

「昔、本人から聞いたことがある。まだ高校生のときだな」

同じ高校に通っていたときに、たまたま保が同性と――隆衛が可愛がっていた後輩と親密そうにしているのを見かけたので、あとでその話をしたら、あっさりと彼はセフレだと言ったらしい。

また保への認識があらたまった。同性はともかく、高校生でセフレがどうのと言うのが信じられなかった。

啞然としている宏海をよそに、友衛はさらにヒートアップした。

「余計だめじゃん！　昔っから兄貴の後追いばっかしてるやつだよ？　宏ちゃんのことだって欲しがるかもしれないじゃん！」

「ありそうだな」

「なにその余裕！」

「立ち話もなんだし、そろそろ家に入るか」

促されて三人で家に入り、リビングに落ち着いた。宏海はいつものように隆衛に腰を抱かれてくっついて座り、その向かいに友衛が座った。

お茶でもいれようという雰囲気でもなく、座るとすぐに話の続きになった。

「兄貴は宏ちゃんがちょっかい出されてもいいの？」

「出すと決まったわけじゃないし、宏海が落ちるとも思ってないからな。単純に不愉快ってのはあるかもしれないが……」

「確かに宏ちゃんは揺れそうもないけど、強引な手とか使われたらどーすんの。昼間、宏ちゃん一人ってことも多いんだよ？　なんか宏ちゃんに聞いてたことも、外に出るのはいつかって探り入れてた感じだし」

「昼間は保もほとんど空いてないだろうが」

「そうだけどー」

「大それたことはできないさ。勢いでやっちまっても、すぐ我に返って青くなるタイプだろ。基本的に熱くなることはないし。詰めはなにかと甘いがな」

「そこは納得」

それでも友衛は不満そうだったが、ひとまず冷静になったようだった。

ようするに多少は警戒しつつ、普段通りにしていればいい、ということだろう。隆衛が言ったように、仮にもし口説かれたとしても宏海が揺らぐことはないのだから。

隆衛は特別な存在だ。好きだとか愛してるとかいった、恋愛感情を抜きにしても、誰にも成り代われない存在なのだ。彼は閉ざされていた宏海の世界を開けてくれて、手を差しのべてくれた。座り込んで動けなかったところを立たせてくれて、いまもその手をつかんだまま一緒に歩いてくれようとしている。

刷り込みに近いものがあるのかもしれない。だがそれを悪いことだとは思っていなかった。いまは依存が激しいが、いつかは隆衛を支えられるくらいにしっかりと自分の足で立とうと決めているからだ。

隆衛に寄りかかってそんなことを考えていたら、深い溜め息が聞こえてきた。友衛だった。

「まぁ、とにかくさ……保には注意。これは変わらないからね。いい？」

「うん」

あまりにも軽く頷いたせいか、また溜め息をつかれてしまったが、隆衛が笑っていたからいいかと宏海は静かに目を閉じた。

友衛はいいやつだが、うるさい。

宏海のなかでは、すっかりそんな認識が根付いてしまった。いまも目の前で、フーフー威嚇《いかく》しながら夕食を食べている。

怒った猫みたいだな、と思った。猫は怒りながら食事をしたりしないだろうけれども。

「なーんで保がいるのかなー。不思議、不思議」

「成り行きだね。黙って食べたらどうかな。君は子供の頃から変わらないね。しゃべってないで食べろと注意されていたが、いまもなのか」

涼しい顔で返す保だが、言っていることはあまり平和的ではない。なるほどこれかと、宏海はひそかに納得した。

友衛は目をつり上げているが、反論はしなかった。代わりにギリギリという擬音が聞こえてきそうだったが。

そもそも四人で食卓を囲むことになったのは、夕方になって保がふらりと現れたからだ。今日は散歩ではなく、宏海と話してみたいと言ってケーキを持ってきたのだ。隣には隆衛もいた。どう返事をしたらいいのかわからなくて彼を見上げたら、素っ気なく「上がれよ」と言った。

そうして三人で話してみたら、気が抜けるほど穏やかに時間が流れた。てっきり保が隆衛に噛みつくかと思ったのだが、そういうことは昔からしないらしい。ひょっとして突っかかるのは友衛にだけなんじゃないか、と思っていたら本人が来て、宏海は自分の推測がほぼ正しかったことを知った。

本心はどうあれ、とりあえずイヤミや皮肉を言うのは友衛に集中しているらしい。

「二十歳を過ぎたってのに、落ち着きがないな」

「若さが爆発しちゃうんでねー」

「宏海くんのほうが若いのに、落ち着いてるじゃないか。浮わついたところもないし、将来のこともちゃんと考えてる。いつまでもモデルもどきをやってる君とは大違いだな」

「もどきって言うな。読モだ、読モ」

「アルバイト感覚だろう？」

「……確かにそっちで食ってくつもりはないけどさ」

友衛は常々、芸能界に入るつもりはないと言っている。何度もテレビ出演の話は来ているようだが、頑《がん》として断っているというし、いま以上にモデルの仕事を広げる気もないらしい。アルバイト感覚、というのは本人も認めている事実だった。

いろいろと言い返したいことはあるのだろうが、友衛はぐっとこらえている。タイの事業のことや、隆衛の後追いをしては芳《かんば》しい結果を残せないでいることなど、突っ込みたい気持ちは強いに違いないのに、そこは当主から余計なことを言うなと釘を刺されているらしい。

宏海はちらりと保を見て、ひそかに頷いた。

意外にも保は普通に宏海の手料理を食べている。てっきり「素人《しろうと》が作ったものなど食べない」というスタンスかと思っていたが、そうでもないらしい。

(潔癖症《けっぺきしょう》なのかと思ってたけど……わりと普通なんだなぁ。器用だったし)

意外にも保は料理が得意で、夕食を作る段になったとき、宏海の手付きのあやうさに見ていられなくなり、下ごしらえを手伝ってくれたのだ。野菜の皮むきにしろ、刻むにしろ、宏海の包丁使いよりもずっと上手だったのはショックだった。なにかと隆衛と比べられている彼だが、思っていた以上にスペックの高い男らしい。

ちなみに隆衛は、それを少し離れたところから眺めていた。なにを言うわけでもなかったが、観察するような目が印象的だった。

(高スペックなのは当然か……隆衛さんに並ぼうっていうんだし。保さんを単独で見たら、すごい優良物件だよな)

それに結構いい人だ、というのが宏海の見解だ。初対面のときはあまり好印象ではなかったのだが、本人曰《いわ》く、緊張とプレッシャーで平静を保っていられなかったらしい。その気持ちはわかるので、思わず同意したものだった。

目の前で二人は相変わらずなにか言いあっているが、思っていたほど険悪ではなさそうだ。どちらかと言うと、子供が些細《ささい》なことでケンカしているような感じだ。お菓子を一つ余分に食べたとか、ゲームでズルをした、という程度の。

「実は仲よしなんじゃないの」

ぼそりと呟くと、隣で笑う気配がした。誰にも聞こえないと思っていたら、隆衛の耳には届いたようだった。

「実は俺もそう思ってたところだ」

「あ、やっぱり？」

顔を見あわせて思わず笑う。すると気付いた友衛と保が同時に視線を寄越してきた。あまりにも夕イミングがあいすぎていて、また宏海の笑いを誘う。

やはり大勢で食べる食事は楽しい。隆衛と二人きりの食事も幸せを感じられて、それはそれで好きなのだが。

「ダメダメ、宏ちゃん。そんなに可愛く笑ったらダメ！」

「えー？」

可愛いってなんだ、と言いたくなったが、口にするのはやめることにした。言えば恥ずかしいことになりそうな気がしたからだ。

部分的にうるさいながらも和気藹々《わきあいあい》と食事をしたあと、隆衛と友衛が片付けをすると言って並んでキッチンに立った。

「それなりに広いはずなんだけど……」

リビングから振り返ってみて、宏海はぽつりと呟いた。人並み以上に大きな男が二人で立つと、ひどく空間が狭く見えた。

「相変わらずあの兄弟は仲がいいね」

「昔からですか？」

「そうだよ。小田桐家の……本家の結束は、固いんだ。昔からそうらしい。その分、分家はごちゃごちゃしてるけどね」

保の言い方は、きわめて客観的なものだった。彼がどちらに属しているのかを、口ぶりだけで判断することは難しかった。

「分家の人たちは、ここまで来るのか？」

「滅多《めった》に来ないです。俺とは接触したくないらしくて、基本的には離れにも近づかないですよ」

以前とは状況が変わったことを聞いているはずなのに、いまだに多くの者たちは宏海を敬遠している。たまに母屋で会うことがあっても、逃げるようにして立ち去ってしまうのだ。

まるで存在自体が不吉である、とでも言わんばかりに。

「もう安定してるんだろう？」

「そうですね。たまにしか外へ行かないから、実際どうなってるのかはわからないですけど……俺としては、いい状態じゃないかなって思います」

この感覚は人に説明するのが難しいのだ。常にあった精神的な揺らぎのようなものは感じず、代わりに穏やかで温かなものを感じる。ただそれが宏海自身の作り出したイメージに過ぎないと言われてしまえばそれまでだった。

「まだ気軽に外へは行けないのか？」

「……自信がないんです。隆衛さんが一緒なら、わりと大丈夫なんですけど」

それでもまだ緊張はするし、かなり疲れてしまう。人が多い場所であればあるほど、その度合いは強くなる。隆衛が行く場所を選んでくれるから、比較的品のいい落ち着いた人がいるような店や界隈がほとんどなのだが。

「怖い？」

「少し……一人じゃ絶対無理だと思う……。情けないですよね。この年になって、一人じゃ外へ出られないなんて」

「人が怖いのか？」

「……人の感情、かな。それと、自分の感情も」

マイナスの感情は、たとえ自分に向けられたものじゃなくても怖いと思う。そして不快感を伴う恐怖と、場合によっては怒りとで、自分の力が発動することはもっと怖かった。

つたない言葉でそのあたりを告げると、保は神妙な顔で「そうか」と呟いた。

「なに深刻な感じになっちゃってんのー？」

場の空気を打ち破るようにして、友衛は声を弾ませながら宏海の隣に座った。故意にテンションを高くしているのがわかった。少し遅れて隆衛が反対側の隣に座る。大きなソファとはいえ、男三人で座るとやけに狭く感じた。

「力のこととか、ちょっとね」

「ふーん、興味あるんだ？」

「状況を詳しく把握しておきたいからね。宏海くんの力に関してはピンと来ていないっていうのが正直なところだし」

「まぁ……それはねー……」

友衛も最初は信じていなかった口だから、思わずといったように同意した。なにしろ宏海の力は物理的な現象を引き起こすのだ。小田桐家の特殊性を理解していたとしても、イレギュラーなものだから、にわかには受け入れられないのは仕方なかった。

むしろ保のように、むやみに恐れず自然に接してくれるほうが、宏海にとってはずっとよかった。

「信じようが信じまいが、どっちでもいい。宏海を不安定にさせるようなことを言ったりしたりしなければな」

すぐ近くから聞こえてきた隆衛の声は、いつもより冷たく響いて聞こえた。保の表情が少しこわばったように思えたのは気のせいじゃないだろう。

いまのは釘を刺したと見て間違いない。それが単なる牽制なのか、それとも思うところがあってのことなのかは、よくわからなかった。


頼んでいたものが届いたと、母屋の使用人から連絡があったのは、一人で簿記のテキストを見ていた平日の午後だった。荷物が届くと、離れまで持ってくる前に連絡をくれるのだ。

以前は宏海を前にすると緊張し、あからさまに怯《おび》えていた使用人たちも、最近では目をあわせてくれるようになったし、態度もかなり自然になった。隆衛がずっとここに住み、友衛が頻繁に出入りしていることで、宏海が危険人物でないと認識をあらためたのだろう。

しばらくして、呼び鈴《りん》が来訪者を告げた。

「あれ……？」

ドアを開ける前に相手を確認すると、それは保だった。

『暇だったから、荷物を持ってきたんだ』

「えっ、あ……いま開けますっ」

慌ててドアを開けると、小振りなダンボールを手にした保がいて、本当に持ってきたんだと唖然としてしまった。分家とはいえ、発言力の強い家の長男なのに、そういったことは気にしていないようだ。プライドがむやみに高いというのは嘘だったのだろうか。

「上がったらまずいかな？」

「そ……そんなことないです……どうぞ」

ここで食卓を囲んだこともあるのだし、隆衛からは保に対する注意は特にされていない。友衛はうるさいが、あれは個人的な感情によるところが大きいのだろう。子供の頃にいやな思いをしたのを、いまだに引きずっているらしい。

リビングに通して、すぐコーヒーをいれた。待っているあいだ、背中に視線を感じて、ひどく落ち着かなかった。

コーヒーを出したあと少し距離を置いて座ったのは無意識のことだった。もう彼を怖いとは思っていないが、まだそこまでなのだ。

「宏海くんは、警戒心が薄いね」

「はい？」

一口飲んですぐの言葉に、宏海はきょとんとした。咎《とが》める様子ではないが、いくぶん呆れてはいるようだった。

「誰もいないのに、僕を家に上げただろう？　まぁ、僕から言ったことなんだけどね」

「え、いや……でも保さんは、身内だし……」

「でも会うのはまだ四回目だよ。もう信用したのかい？」

少し意地の悪い聞き方だった。もちろん友衛と話しているときとは比べものにならないし、表情はむしろ柔らかいのだが。

相変わらず彼は作り笑いばかり浮かべている。それは宏海に対してだけでなく、友衛にもそうだ。隆衛にはそもそも笑みすら向けようとはしないから、彼のなかでは線引きされているということだろう。隆衛は同等の、そして宏海や友衛は自分よりも目下——つまりは子供扱いということなのだ。

「どうして僕が来たか、わかる？」

「え？　暇……だったからじゃないんですか？」

さっき保がそう言っていたはずだと彼を見つめると、なぜか真顔で見つめ返された。

「告白しようと思って」

「……は？」

「今日なら邪魔は入りそうもないしね」

「あ……あの、それ……カミングアウト的な告白って意味ですよね？」

言いながら、違うだろうと自分に突っ込みそうになった。保がなにか秘密を抱えているとして、それを宏海に打ち明ける理由はない。だからといって恋愛の意味はもっと考えられなかったから、とりあえず最後まで言い切った。

返ってきたのは、くすりという小さな笑い。ただし作ったものではなく、本気でおもしろかったようだ。

「君のことが好きらしいと気付いたから、言いに来たんだ」

「……き、気のせいでは……」

言いかけて、口をつぐんだ。これは友衛の懸念《けねん》通りなのではないだろうかと。隆衛への対抗意識で、恋人である宏海を、というパターンだ。

なにしろ唐突すぎる。世の中には一目惚れというものもあるのだし、恋は突然訪れることもあるが、保の場合は違うような気がした。保が宏海を見る目には、ある程度の好意以上のものはないように思うのだ。

だからといってそれを指摘するのは得策《とくさく》じゃないことくらいわかっていた。

なんて答えればいいのだろう。断ることは当然だが、どんな言葉を選べばいいのか、宏海にはそこがよくわからなかった。

少し考えて、やはりここは「恋人がいるので」と言うのが一番だろうと思った。

だが口を開こうとした瞬間、保は制するようにすっと手のひらを向けてきた。

「いまは返事をしなくていいよ」

「え？」

「わかってるからね。だから、しないでくれ。今日の告白は、僕を意識させることが目的なんだ。隆衛から奪うことになるんだから、かなりの長期戦は覚悟してるよ。なにしろ僕は、君に出会ったばかりだ。分《ぶ》が悪すぎる」

「あの、でも……」

いろいろと言いたいことや聞きたいことがあった。やけに保は自信ありげだが、本気で宏海を落とせると思っているのだろうか。それに当たり前のように告白しているが、男同士という点は問題じゃなかったのか。バイセクシャルらしいことは聞いたが、あくまで高校時代のことだし、いまは社会人としての立場もあるのに。それに彼は長男だ。隆衛は次男で比較的好き勝手ができる立場だが、保はいろいろとしがらみがあるんじゃないか……。

だがすべて呑み込んだ。言わないほうがいい気がしたからだ。

「じゃあ、今日のところは帰るよ」

あっさり立ち上がった保にほっとした。一応見送りに出ようとあとを付いていくと、不意に保は立ち止まり、振り返るなり宏海の肩に手を置いた。

「ちょっ……」

はっと身がまえたときには、もうキスされていた。軽く触れるだけだったが、不意打ちでキスされてしまったのだ。

ショックで固まってしまう。

保は手を離し、じっと宏海を見下ろしてくる。やがてふっと、力を抜く気配がした。そのときに初めて、宏海は保が緊張していたことに気がついた。

「ごめん。でも……例の力は出なかったね」

「た……試したんですかっ？」

「違うよ。したかったから、した。ケガを覚悟でね」

かなり驚いたし、隆衛以外の人にキスされたことはショックだったが、怒りや恐怖感はなかった。

だから発動しなかったのだ。

「驚いたくらいじゃ力は出ないです」

「つまり、怒ってないってことか」

「怒ってますよ。力が出るような感情じゃないってだけです」

「そこがよくわからないんだ。具体的に、どういう感情なんだい？」

「……なんていうか……理不尽《りふじん》さに対する怒りみたいな……。憎いとか、許せないとか、そういうのに近い感情がプラスされる場合っていうか。だから普通にケンカとかして怒ったって、力は出ないです。あとは恐怖感で出る……みたいです」

そちらのほうは経験がほとんどないのでよくわからなかった。力が発動するほどの恐怖を味わったことがないからだ。

「なるほど……少しわかったような気がするよ」

今度の行動を考えてのことか、保は思案顔で頷いた。

「だからって、二度目はわかんないですよ」

「肝《きも》に銘《めい》じておくよ」

保はふたたび玄関へと向かって歩き始め、宏海も今度は充分に距離を取って続いた。全身で警戒しているのを、きっと保は察している。少し笑うような気配がしていた。

手が届かないくらいの距離を保って見送ってから、しっかり内鍵《うちかぎ》をかける。

やはり家に上げたのは失敗だった。最後に「また来る」なんて言っていたが、今度はキスを理由に断ることにしよう。まんまとキスされてしまったのだから、せめて有効利用しなくては。

ぶつぶつと呟きながらリビングに戻り、どさりとソファに身体を投げ出す。

精神的な疲労感がどっと襲ってきた。これからのことを考えて気も重くなった。

隆衛に黙ってるわけにはいかないだろう。保がどう出るか——隆衛に今日のことを言うか言わないかは不明だが、隠しておくのはきっとプラスには働かないはずだ。

クッションを抱えて唸《うな》っているうちに、かなりの時間が過ぎていった。気がつくと、外は薄暗くなってきていた。

「……無駄な時間、過ごした……」

やろうと思っていた勉強がまったくできなかった。すっかり頭から抜け落ちていたし、仮にテキストに意識を向けたところで、身が入らなかったことは確実だろう。

心のなかで保に文句を言っていると、玄関のほうで物音がした。やがて聞き慣れた足音が聞こえてくる。

足の運びにも癖《くせ》があるのだと知ったのは、隆衛と暮らすようになってからだった。

「ただいま」

「お……おかえり」

音を聞いてから起き上がったせいで髪が乱れたままだったのだろう。一目見た隆衛は、ふっと笑いながら近づいてきた。

「寝てたのか」

「起きてたよ。ちょっとゴロゴロしてただけ……」

「……誰か来たのか？」

隆衛の視線がセンターテーブルに向けられた。そこには片付けていないカップ類が残っていた。

ここで隠したって意味はない。どうせ言わなければと思っていたことだと、宏海は溜め息まじりに頷いた。

「保さんが……」

「一人でか?」

「う、うん。暇だったからって、届いた荷物を持ってきてくれて」

ちらりと視線を向けた先には小さな段ボール箱が置いてある。中身は花の種と液体肥料だ。ものによっては隆衛や友衛に頼むこともあるが、種が数種類になることもあって通販にしたのだった。

自然と視線が落ちてしまう。なにもなければもっと堂々としていられたのだろうが、告白された上にキスまでされたとあっては平静を保っていられない。

そんな宏海を、隆衛はじっと見つめた。

「なにか言われたのか」

問いかけというよりは、確信を持ってかけられた言葉だった。

「あー……うん。まぁ……告白、された……」

「なるほど」

さほど動じた様子もなく隆衛は隣に座った。そうして宏海の顎《あご》を取って自分のほうへと向かせ、目を覗《のぞ》き込んできた。

まるで心を読もうとでもしているようだった。

無意識に目が泳いだのは、キスのことを思い出したからだった。たかがキス。けれども経験の少ない宏海にとっては重大なことだ。隆衛と以外したことはないし、する気もなかったのだから。

「……なにか、されただろう」

「う……あ、ええと……」

目が泳ぎそうになるのをこらえて、小さく嘆息《たんそく》する。

言ってしまっても隆衛は怒らないだろう。宏海の無防備さを咎めるくらいはするだろうが、責めたりはしない。望んでのことではないと、説明するまでもなく承知してくれているからだ。彼はそういう人だった。

溜め息をついてから、宏海は口を開いた。

「その……不意打ちで……キス、された……」

ちらっと上目遣《うわめづか》いに盗み見ると同時に、隆衛は苦い顔でチッと舌打ちをした。視線はよそを向いていたから、いまのはここにいない保へ向けたものだとわかった。

「あの野郎……」

「ごめんっ」

「油断しすぎだぞ。簡単に触らせてるんじゃない」

男らしい指先が宏海の唇に触れる。なぞるようにしながら、隆衛の表情は軽く睨むようなものになっていた。ただし本気ではない。冗談めかして、子供を軽く叱るときのように「めっ」とやっているようだった。

複雑な気分で、宏海は泣き笑いに近い表情を浮かべる。

「……ごめんなさ……」

表情を一変させ、ふっと笑った隆衛は、リップ音をさせて軽く唇にキスをした。えっ、と思ったときには、もう唇は離れていた。

「口直しだ」

隆衛は笑いながらそう言って、宏海の頭を軽く叩き――というよりは撫《な》でるように触れ、抱き込むようにして顔を胸に埋めさせた。

それきりなにも言わなかった。変わらず頭を触っているものの思案顔で、意識はこちらにないように思えて仕方なかった。

急速に気分がしおれていくのを自覚した。

口で言うほど、彼は嫉妬《しっと》していないように思える。

それが少し寂しかった。隆衛は大人で、とても鷹揚で包容力がある。自分に自信がある上に、宏海の気持ちも疑っていないからか、些細なことでは嫉妬もしない。たぶん彼にとって、不意打ちでされたキスは些細なことなのだろう。

わかっている。贅沢《ぜいたく》な悩みだ。愛されて信頼されて、その上で自由にさせてもらっているのに、もっと縛り付けて欲しいと思うなんて。

彼の囲いのなかにいることは自覚している。だがそれは窮屈《きゅうくつ》な籠《かご》ではない。囲いが宏海の感覚よりも広いから、ときどきいまのような気分になるのだ。

目を閉じて黙っていても、隆衛が宏海の様子が変だと気付くことはなかった。顔が見えていないこともあるし、キスされたことで最初から気持ちが落ち気味だったことを承知しているせいだろう。だがなによりも、隆衛自身がなにか考えごとをしているというのが大きかった。

贅沢な不満をほんの少し胸に抱え、宏海は自分の貪欲《どんよく》さに溜め息をつきたくなった。

昨日のことを引きずって、うららかな午後をぼんやりと過ごしていたら、いつものように友衛の訪問を受けた。手土産《てみやげ》は話題の店のタルトだった。

顔をあわせるなりもの言いたげだった友衛は、それでもすぐには尋ねてこずに、宏海とお茶の用意をした。そうしてタルトと紅茶をあらかた片付けたあと、テーブルに肘を突いて顎を載せ、「で？」と問いかけてきた。

「……なにが？」

「へこんでるじゃん」

「別にへこんでないよ」

「はい、嘘ー。宏ちゃん、説得力ゼロだよ」

友衛という青年は、その見た目と口調のわりに中身は案外しっかりしていて、堅実だ。目標が定まってから、それが顕著《けんちょ》になった。そして観察眼も鋭い。ただ感情的になると、子供っぽい一面が強く出てしまうだけだ。

もとより友衛に隠し通せるわけがない。隆衛だって本当だったら気付けていたはずなのだ。昨日はキスのショックでごまかし、今朝は起きるのが遅く——なかなか寝付けなかったせいで——顔をあわせなかったから問い詰められていないだけだった。

「話してみ？　兄貴に言えないことなんだろ？」

「なんで……」

「言えることなら、とっくに兄貴が解決してるだろ？　っていうか、むしろ……あれ、そうだ。なんで兄貴は気付かないの？」

友衛の口ぶりからは、隆衛に対する絶対の信頼が窺《うかが》えた。相変わらずのブラコンだ。出会った頃とはテンションだとか方向性が少し変わったようだが。

どうしようかと考え、宏海は思い切って口を開いた。

「昨夜は眠れなくて、起きたの遅くてさ。だから今日はまだ会ってないんだ。昨日は別のことでショック受けてたから、隆衛さんもそれが原因だと思ったみたい」

「別のことってなに？」

「……保さんに告白されて、キスされた……」

「はぁっ？」

素《す》っ頓狂《とんきょう》な声は思いのほか大きく、驚きよりも呆れが勝っていた。そしてみるみると友衛の整った顔が苦々しくも険しいものに変わっていった。

予想通りの反応だ。言えば怒るのはわかっていた。

昨日のことで怒ってくれるのは嬉しいことだ。ただこれが隆衛だったら、と思うことは止められなかった。

「なんだよ、それ」

「昨日、来てさ……」

舌打ちが大きく響いた。ブツブツ文句を言いかけた彼は、はたと気付いて宏海を見つめた。

「あのヤロー。やっぱりか！　俺の心配した通りだったじゃんっ」

「う……うん。でも……なんか……嘘っぽいっていうか……」

「けどキスしたのは事実なんだよね？」

「あ、うん」

「やっぱ許せないよな。んで？　兄貴はなんて？」

「あの野郎って……でも、そんなに怒ってなかった。口直しキスとかはされたけど、わりと冗談っぽかったし……」

「だからか」

多くを告げたわけでもないのに友衛は納得していた。察しのいい彼は、宏海の説明と様子から、ある程度のことを理解したようだ。

宥《なだ》めるように、宏海の頭を撫でてきた。

「宏ちゃんは、兄貴があんまり気にしてくれなかった……とか、そういうことでへこんでたんだよね？」

「……うん」

「たぶん、だけどさ……兄貴は、宏ちゃんの前で余裕のあるとこ見せておきたいんだと思うよ。寛容《かんよう》で包容力があって、大人の恋人……でありたいんだと思う」

「実際、そうじゃん」

「まぁある程度はそうなんだけど、崩れることだってあると思うんだよね。兄さんに言わせると、いい男ぶってる……らしいし」

「えー……」

納得できなくて、つい不満そうな声になってしまった。ぶっている、とは思えなかったからだ。宏海には、どこをどう見ても「いい男」なのだから。

しかし年長者から見れば違うのかもしれないとも思う。宏海は隆衛や一衛などよりもずっと年下で経験値も低いのだ。現に友衛だって、一衛の受け売りであって実感していることではないらしい。

「俺とかと比べたら、そりゃできた男だけどさ。あれでもまだ二十代よ？」

「ああ……うん。そうだった」

年齢のことを考えると複雑な心境になる。たとえばテレビを見ていて、いわゆるアイドルと言われている芸能人は、案外そのイメージより年が嵩《かさ》んでいることもあるものだ。宏海と同年代のアイドルもいるのだろうが、宏海でも知っているような有名どころは軒並み「いい大人」だ。そう考えると、隆衛も相当若い部類に入るはずなのだが、実際の彼はというと、実年齢よりも軽く十歳は上のように思えてしまう。外見もプラス五歳くらいだ。

「……なんか、隆衛さんって別次元の人みたいな気がしてた……」

「ある意味それって正しいけど、別次元というか規格外？」

「ああ、うん。それだ」

「けどさ、それだって俺たちの感覚じゃん？　ってことを、こないだ思った。わりとがんばってるとこを人に見られたくないタイプみたいだし」

「そうなのか？」

「らしいよ。これも兄さんが言ってたことだけど。特にさ、好きな相手には格好いいとこだけ見せたいんじゃないの。なまじっか年上だしさ」

「……そっか……」

当たり前のことに気付かされた気分だった。

宏海が完璧《かんぺき》だと思って、頼りきっているから、隆衛は期待を裏切らないように振る舞ってしまうのかもしれない。ふとそう思った。

やっぱり寂しいなんて感じるのはおこがましい話だ。むしろ宏海がもっと大人になって、不安定な状態から完全に脱していかなくてはならないのだ。そうでなければ、隆衛を支えていくなんてできるはずもない。

まずは一人で立てるようにならなくては。

「……あのさ、でも宏ちゃんはあんまり無理しないほうがいいと思うよ？　空《から》まわりして失敗するタイプだよ？」

気遣わしげな友衛の忠告は、一人意気込む宏海の耳には入ってこなかった。


隆衛と連れだって母屋へと向かいながら、宏海はふうと溜め息をついた。

気持ちの問題で出たわけではなく、身体《からだ》のつらさから出たものだった。いま現在、身体がだるくて仕方ないからだ。

原因となったのは、言うまでもなく隣を歩く男だった。宏海の恋人は、以前からときおり度を越して求めてくることがあったが、その頻度がこのところ上がっている。起き上がれないほどではないが、翌日に響く程度には長く宏海を喘《あえ》がせるのだ。

問題はさしてない。過ぎる快感と体力的な問題でつらいと思うこともあるが、基本的には気持ちいいのだし、隆衛は別に苛立ちをぶつけてくるわけではなかった。きついと泣いても、いまみたいに溜め息をついても、いやだったとは思わない。最中だって――たとえ口では「いや」と泣きながらも、本当はいやじゃないのだ。むしろ宏海の「いや」は「いい」と同義語であることを隆衛は知っているし、宏海だって自覚していた。

それに最初は気付かなかったが、あるときふと法則ときっかけに思い至った。思い返してみれば、行為が執拗《しつよう》になる日は保と会った日で、そうなり始めたのも保が庭先に現れた頃だった。

一種の嫉妬なのかもしれない、と思う。だとしたら嬉しいことだし、少し前に落ちていた気分を浮上させるには充分だが、あくまで推測でしかないことだ。

確認はいまだにできないでいた。違っていたら、恥ずかしいことこの上ない。かといって友衛に相談するのも憚《はばか》られる。さすがにセックス事情を他人には言えなかった。

「抱いて行ってやろうか？」

「いやだ」

きっぱり否定しておかないと、死ぬほど恥ずかしい思いをすることになる。隆衛という男は、へたに遠慮の言葉なんか口にしたら、そこに付け込んで抱き上げるくらい平気でするのだ。どうやら羞恥に関しての基準だとか耐性だとかが宏海とは大きく違うようだ。そして趣味の悪いことに、この男は宏海が恥ずかしがったり恥じらったりしている姿がかなり好きらしい。

「つらそうだぞ」

「誰のせいだっけね」

「だから責任取ってやるって言ってるんだよ」

「反省して次回に生かそうとかいう気はないんだ？」

「反省する理由が見当たらない」

「ひどい」

むうっと口を尖らせると、隣から楽しげな笑い声が聞こえてきた。

宏海を抱くとき以外、隆衛に変わったことはない。こんなやりとりも、いつもの通りだ。二人のあいだで保の話が出たときも、以前と変わりない様子だった。

突然の告白とキスから三週間ほどがたっていた。季節はもう夏に近づいていて、汗ばむような日が続いている。今日は薄曇りで、最近にしては比較的涼しかった。

あれから保は何回も離れを訪れ、ほぼ毎日やってくる友衛とかちあっては、その攻撃を食らいつつ反撃していた。告白とキスのことを知っている友衛は、以前にも増して保への当たりをきつくしたが、それ自体を保は気にしていないようだった。

「今日って、あの二人はいるのか？」

「いないはずだが……保の予定は把握してないから、どうかな。友衛は撮影だとか言ってた気がする」

「ふーん。じゃあ平和だね」

「互いに無視できないらしいからな」

「うん。でも言葉はきついけど、温度はそんなに低くないいんだよね」

二人のやりとりは凍り付くような雰囲気ではないのだ。嫌いというよりは、互いに気に入らないといった感じだが、陰湿な感じはまったくなかった。

どうやら保の目には、友衛が「三男の立場にあぐらをかいている」と映《うつ》っていたらしく、分家の者として腹立たしかったようだ。最近は直系としての自覚も芽生え、それなりに努力しているのだが、でき上がってしまった関係を崩すつもりはないようだった。そして幼少時から嫉妬に近い攻撃を受けてきた友衛は、保を天敵と位置づけてしまっている。

「やっぱりさ、あれはあれで仲いいんじゃないかと思うよ」

「言うなよ、それ。どっちにも」

隆衛は苦笑まじりに言った。

「マズイの？」

「禁句だな。ガキの頃から、まわりの大人たちにさんざん言われてる。言われるたびに険悪になっていくんだよ。険悪……は違うな。意固地《いこじ》になっていく……が正しいか」

「ああ……」

「案外それで互いにストレス発散してるのかもな」

「ケンカ友達みたいな感じかぁ」

「なんだかんだ言いながら、根底には身内意識があるんだろ」

なるほど、と頷いた。だから周囲も聞き流しているのだろう。二人は感情的になりすぎることはないし、その場の憤《いきどお》りが本気の怒りだとか嫌悪に変わることもない。まして憎しみなんていう感情には育たないのだ。

「ところで……そろそろ手を貸そうか」

「いいってば」

「遠慮するな」

言うが早いか、隆衛は宏海の腰に手をまわし、自分に寄りかからせた。こんなにべったりとくっついて歩くカップルなんてそういないだろう。いたら迷惑だ。

その上、隆衛は腕につかまれなどと言った。

「ハードル高いっ」

「家の敷地だぞ。見られたとしても、たかが知れてる」

「見る人がほぼ知ってる人ってのが問題じゃんっ」

使用人か小田桐家の人か、分家の誰かか。いずれにしてもいたたまれないはずだ。宏海と隆衛の関係は公然の秘密というやつなのだ。あえて口に出すのは近い関係の人だけだが、特に離れに関わっている使用人は全員承知しているはずだった。

「いやなら、やっぱり抱っこだな」

「ちゃんと歩けてるじゃん！」

「危なっかしいんだよ」

いまにも抱き上げそうな気配を察し、宏海は急いで隆衛の腕にしがみついた。途端に「色気がない」と溜め息をつかれてしまった。

「なに色気って」

「もっと恋人っぽく腕組めよ」

「……つかまってんだってば」

腕を組んでいるわけではないと、思い切り体重をかけてやる。すると隆衛はくすくすと笑い、さらに腰を引き寄せるようにして歩き始めた。

正直なところ、少し楽だった。

幸い母屋に着くまでは誰にも会わず、建物に入ったところで離してもらって、ゆっくりと食堂に向かった。定期の食事会は、当主の都合でランチとなっている。

一時間ほどかけて手の込んだ和食を堪能《たんのう》したあと、当主はすぐに出かけて行った。本当に忙しいらしい。

母屋に残っている理由もないので、隆衛と連れだって離れに戻ろうとすると、ちょうど帰ってきた一衛と保に出くわした。

「ああ、そうか。今日はランチだったっけ」

「先週から忙しそうだな」

「父さんはね。こっちは、まぁまぁかな。保がよくやってくれてるから楽になったよ」

一衛は保に目をやり、微笑んで見せた。わずかに面食らったような、あるいは面映《おもは》ゆいような顔をした保だが、すぐに表情を取り繕ってしまった。一瞬よりも短い時間に見せた表情は、とても自然に見えた。

「ちょっといいかな。相談したいことがあるんだ。長くても一時間くらいで終わると思うよ」

「ああ」

隆衛は頷き、宏海に目を向けた。彼が口を開くより先に、宏海はにっこりと笑う。

「じゃあ先に帰ってるね」

「送っていくよ」

家の敷地内で送っていくもなにもないはずなのだが、それがおかしく聞こえないところが小田桐家のすごいところだ。

「悪いな。頼む」

「え……」

隆衛は宏海の頭をさらりと撫でて、一衛とともに書斎へ向かった。その後ろ姿を、宏海はなかば茫《ぼう》然《ぜん》と見つめていた。

彼は気にならないのだろうか。保が宏海に告白したことを知っていて、平然と任せるなんて言うなんて――。

信頼されているのはわかっている。宏海に対してもだが、保に対しても無理なことはしないという確固たる思いがあるのかもしれない。だが少しくらいは、気にするそぶりを見せてくれてもいいではないか。思っていたよりも嫉妬深いとか独占欲が強いなんて思っていたのは気のせいだったのかもしれないと、宏海は自嘲《じちょう》しそうになった。

「隆衛は余裕だね。僕のことなんて眼中にないんだな」

苦笑まじりの保の呟きに、ゆっくりと彼へと視線を移す。声と同様に表情も苦いものを含んでいた。

なんとも答えようがなくて、宏海はぺこりと頭を下げて離れに戻ろうとしたが、すぐ後ろを保が付いてきた。

数歩進んだところで立ち止まり、なるべく角が立たないように言ってみることにした。

「あの、せっかくなんですけど、大丈夫です」

「警戒してる?」

「それは、まぁ……」

二人きりになるのはキスされた日、以来だ。身がまえるなというほうが無理だろう。保もわかっていて、必要以上に近寄っては来なかった。手を伸ばしても届かない距離で立ち止まっていた。

「じゃあ、すぐそこまで。だったらいいだろ？」

庭先を視線で示され、宏海は不承不承《ふしょうぶしょう》頷いた。もう少し先に行けば、離れの玄関がかろうじて見える位置になる。母屋からだと離れはまったく見えないのだ。

保は故意にゆっくりと歩を進め、宏海もそれにあわせて歩いた。あわせなくても、今日の宏海にはちょうどいいスピードだったが。

「前にね、隆衛に釘を刺されたんだよ」

建物から出てすぐに、保は苦笑しながら言った。

「え？」

「本気かどうか、確認された……ってほうが正しいかな。あいつから僕に話しかけてきたのは初めてだったよ」

「マジで……？」

「あいつは僕に興味がないんだ。昔からね」

諦《あきら》めたような口ぶりだった。宏海はなにも言えず、小さく息をつく。保の言葉が正しいと知っているから、へたなことは言えなかった。

宏海の戸惑《とまど》いをよそに、保は続ける。

「いつも僕の独り相撲《ずもう》だった。僕はあいつに、コンプレックスを抱きまくっていたのにね。いや、いまもか」

建物のなかは静かだが、人の気配をときおり感じた。いまこうしているあいだにも使用人たちは忙しく動きまわっている。

なんとなくその気配に意識を向けつつも、宏海は保の様子に驚いていた。

彼が自分からこんなことを言い出すなんて思わなかった。周囲の者たちが遠慮するほどデリケートな問題だと思っていたからだ。

そして保自身も、どこか驚いたような顔をしていた。

「こんなことを言うつもりはなかったんだけどね……」

保の足は止まっていて、宏海は少し先から彼を振り返る形になった。

どうしたんだろう、と呟く声は、かろうじて聞こえるか聞こえないかという程度だ。自身に問いかけているものだった。

「……隆衛さんのことは、嫌いじゃないんですよね？」

「好きでもないけどね。だってあいつは僕にないものをみんな持ってる。僕がどんなに努力しても、いつだってあいつのほうが上で……明確な差を見せつけられる。周囲も比較するしね」

「隆衛さんだって努力してます」

「あいつは恵まれてるんだよ。生まれながらのものは、努力だけじゃ埋まらない」

吐き捨てるような言い方だが、怒気《どき》はそれほど感じなかった。むしろどこか投げやりで、なんとも言えないほの暗さを感じた。

「比較されたくないなら、全然違うことすればいいじゃないですか。っていうか、隆衛さんと同じことをする必要ないですよね？」

「え？」

「だってタイプ違うし。隆衛さんはあの通りの性格で、確かに上に立つ人だとは思うけど、大ざっぱじゃないですか。よく言えば剛胆《ごうたん》で、カンで進めるようなとこがあるでしょ。アメリカでも、優秀なナンバーツーがいて、その人が段取りとか調査とか全部やってくれて、隆衛さんはそれを見て決断するのが仕事だったたって言ってました」

隆衛は自らを卑下《ひげ》するわけでもなく、事実として淡々と教えてくれたものだった。宏海に向けての非常にざっくりとした説明だったが、イメージは伝わってきた。それをそのまま保に伝えるのは難しいが、彼も企業のトップを経験しているのだから、宏海よりは理解できるはずだ。

実際、保は思うところがあるらしく、どこか遠くを見るような目をしていた。

「ええと……つまりなにが言いたいかというと、部下の人が隆衛さん以上にできる人だったたってことです。隆衛さんがそう言ってました。保さんは、たぶんそっちタイプだと思うから、一衛さんの下に付けることにしたんだと思うんですよね」

返事も相づちもなく、しばらく沈黙が支配した。母屋のすぐ脇で立ち止まり、互いの視線が絡むことなく黙りこんでいるなんて、傍《はた》から見たら異様だろう。

風の音だけがわずかにしていた。

やがてその風に紛れて、保がふっと息をつくのがわかった。

「……いままで、そんなことを言ってくれる人はいなかったよ」

「そ、そうですか……？」

「むしろいろいろな身内に、おまえと隆衛は違う、おまえには向かない、無理だ……って言われ続けてきた」

「んー……たぶん、言ってたんだと思うんだけど……もしかして、伝わってなかったのかな」

やんわりとごまかしたが、実はそれが正しいと聞いている。これも隆衛から聞いたことだが、いろいろな人が何度もアドバイスや指摘をしていたのに、保が耳を貸さなかったらしい。意固地になっていた保が、それらをすべて自分に対する批判だと受け取っていたからだ。

思うところがあったのか、保は黙りこむ。

気まずさに宏海は口を開いた。

「あの、えーと、一衛さんの側近やってて、どうなんですか？」

「え？　ああ……向いている、とは思う。性にあってるというか……」

認めたくはないのか、それとも認めつつあるのが面映ゆいのか、保はらしくもなく口ごもった。これも聞いたことなのだが、保の仕事ぶりはかなり評価されているらしい。

頷きながら納得していると、急に声のトーンを落とした保は「ただ」と前置きした。

「一衛さんは、企業家には向いていないと思うよ。こんなことを言うのは、本当はマズいんだろうけどね」

「俺にはよくわからないけど……一族をまとめてくだけの、なにかはあると思う……」

「それと経営は違うんだよ。隆衛のほうが企業家としての資質は高い。逆に当主としてどうかと考えたら、方々で反発を招きそうだ。あいつは気ままますぎる」

「あー……」

「その点、一衛さんは隆衛よりカリスマ性はないが、反発は少ない。あれでいてしたたかだし、知略にも富んでるから、癖のある一族の者たちを転がしながらまとめるには向いているだろうな。一部の連中は舐《な》めているが、それは隆衛がそばにいることで充分に防げる」

意外とよく見て、考えているものだと、宏海はひそかに感心した。それに数々の発言を鑑《かんが》みるに、隆衛のことも客観的に認められる人らしい。

やはり話に聞いていたほど、周囲が見えていないわけではないようだ。あるいは海外での失敗や一衛のもとで仕事したことが、彼を変えたのだろうか。

ふと気がつくと、保にじっと見つめられていた。

「な……なんですか」

「いや、どうしたらいいんだろうと思って」

「なにが？」

「いろいろと、だよ」

短い言葉のなかに、ずいぶん「いろいろ」な感情や考えが含まれているように思えた。

喜びや恐れがあるかと思えば、どこか甘さを含んだ穏やかさもある。そして戸惑いや後悔も。やがてそれは荒れた海が凪《な》ぐように、すっと消えた。

「宏海くん」

「はい」

「あとで話がある。もしかしたら、またこっちに来てもらうことになるかもしれない」

思いつめた様子に、宏海は頷くだけの返事をした。

それから保は踵《きびす》を返し、母屋に戻っていく。その背中に決意のようなものを感じたのは気のせいじゃないだろう。

不思議に思いながら、宏海は離れに戻った。

庭で作業をしながら、宏海はずっと隆衛と保のことを考えていた。

いったん家に入ってから、すぐに道具を持って庭に出たのだが、作業はあまり進んでいない。三十分ほどやって、ようやく五つ目のトマトの苗に支柱を立ててやったところだ。考えごとに没頭すると手が止まってしまうからだった。

インターネットで調べながらの園芸は、いまのところ順調と言えた。花やハーブの種は目立つところに蒔《ま》き、トマトとナスは目立たないが日当たりのいい場所に蒔いてある。それぞれ立派な本葉が付いて成長中だ。

もう三十分もしないうちに隆衛は戻ってくるだろう。場合によっては保が同行することもあるかもしれない。さっきの口ぶりではその可能性が高そうだ。

「話ってなんだろ……」

なにやら深刻そうな、どちらかと言うといい話じゃないような気配を感じた。あの様子は、恋愛がらみではない気がする。

まったく想像が付かない、というのが正直なところだった。保自身になにかが起きているのか、あるいは隆衛に関することなのか。

いくら考えてもそれらしい可能性が出てこない。隆衛が帰ってきたら、さりげなく保の様子を聞いてみるべきだろうか。

「どうせ気にしないんだろうしさ」

二人きりのときは遠慮して保の話は出さないようにしてきたが、今日の様子を見る限り配慮なんて必要なかったらしい。だったら開き直ってしまえと自らに言い聞かせた。

落ち込むのを通り越して、宏海は少しばかり憤慨《ふんがい》していたようだ。もちろん力を発動させるような感情ではない。自分でも拗ねているという自覚はあった。

五本目の支柱を立て終えて息をついたとき、ふいに妙な気配を感じた。

首の後ろがチリチリするようないやな気配だった。そんなに聡《さと》いほうではないのだが、とにかく違和感があってたまらなかった。

虫の知らせだろうか。自分が不可思議な力を有しているからか、説明の付かない感覚を否定する気はない。むしろ従うべきだと本能が訴えていた。

作業は途中だ。だが悠長に片付けている場合ではない気がした。

宏海は建物に入ろうと立ち上がり、玄関へとまわりこむ。母屋へ行きたかったが、それでは遅いと思った。

玄関のドアに手をかけたとき、視界の隅に人影が入り込んだ。

「っ……」

黒ずくめの男が木の陰から現れ、こちらに向かってくるのが見える。異様な出で立ちだった。一人ではなく、少なくとももう一人いた。

叫べば母屋にまで届いたかもしれないが、まったく声が出なかった。それでも家に入って施錠をし、ドアガードをかけられたのは上出来だった。

無理にドアをこじ開ければ母屋に異変が伝わるのだ。窓ガラスも同様だ。三分持ちこたえれば誰かが駆けつけてくれる。

そう信じて宏海はまっすぐに納戸へ向かった。足がもつれそうになったが、なんとか辿《たど》り着き、震える手で扉を開けて身を滑り込ませる。内から扉を閉めると真っ暗になった。扉は壁と素材が一緒で、ほかの場所よりは見つかりにくいが、ささやかな時間稼ぎにしかならないのはわかっていた。

全力で母屋へと走るべきだっただろうか。脚力に自信があれば迷わずそうしていたが、あいにくと宏海は自信がない。すぐに追いつかれるのが関の山だろう。目的は不明だが、宏海に危害を加えることが目的ならば、追いつかれてそのまま背中を刺されるなんてこともあり得たのだ。

ガラス戸が壊され、侵入者が家に上がり込む音が聞こえてきた。案外近いから、音は比較的はっきりと聞こえる。

侵入者たちは家捜しを始め、あちこちのドアを開けている。誰も口を開いてはおらず、必要以上に大きな音を立てることもない。

身体が震えた。いきなりのことに、理解が追いついていかない。

誘拐の危険は以前から示唆《しさ》されていた。小田桐家は資産家だから、危険は常にあるのだと言われていた。だから外出時には神経を使っていたし、隆衛から離れないようにした。だがまさか家でこんな事態にみまわれるとは思ってもいなかった。

なにが目的なのか。宏海を殺したって得られるものはないはずだし、恨《うら》みを買うほど人と関わってもいないはずだ。力によってケガをさせてしまった人は何人かいるものの、彼らがケガと宏海の関係を知る機会はなく、こんな真似をするとも思えない。分家の一部には歓迎されていないから、排除が目的というのはありそうだが、宏海がいようといまいと小田桐家のあり方が大きく変わるわけでもないはずだ。相続の問題で影響するのは兄弟たちであり、分家の者には関係ない。いずれにしても、分家がこんな形で宏海を排除する理由がなかった。

一番あり得るのはやはり誘拐だ。だとしたら、すぐに危害を加えられることはないかもしれない。甘い考えかもしれないが、いまはそれに縋《すが》っていたかった。

納戸のなかで身を縮め、宏海は息をひそめた。早く来てと、心のなかで何度も叫びながら。

やがて足音が近づいてきた。複数の侵入者は離れのあちこちを捜し、一分もしないうちに納戸に来てしまったのだ。

がらりと戸が開き、光が差し込んでくる。まぶしくて目を細めていると、無理矢理納戸から引きずり出された。同時に小さく指笛が鳴った。

叫ぼうとした口は手で覆われ、背後から羽交《はが》い締めにされる。

「離っ……」

男は黒いシャツに黒いズボンで、口もとはマスクで隠していた。さっきの指笛が合図だったらしく、さらに二人の男が姿を現す。いずれも格好は一緒だった。背は高からず低からずで、大柄《おおがら》ではないがよく引き締まった身体《からだ》をしていた。

一人の男の手に、大ぶりのナイフが握られている。光るその刃先を見て、目の前が真っ白になった。

もがいても自由は得られない。ますます拘束が強くなり、恐怖心がせり上がってくるのを感じた。

またあの感覚だ。やはりこれはコントロールできるものじゃないのだ。瞬《また》く間に膨《ふく》れあがるそれが弾けようとしたとき、一番聞きたい声が聞こえた。

「宏海……っ！」

ガラス戸から飛び込んできた隆衛に、侵入者たちは動揺していた。すぐに宏海から手を離し、散り散りに逃げようとする。

宏海は床にへたり込み、バクバクとうるさい心臓のあたりに手を押し当てて何度もせわしなく呼吸した。

傍らに隆衛が膝を突いたのがわかり、顔を上げる。

心配そうな、ひどく焦った様子の隆衛と目があった途端に、力はさらに抜けて床に両手を突くはめになってしまった。

「ケガは？　なにをされた？」

「だ……い、じょうぶ……腰抜けた、だけ……」

背中にいやに汗をかいているが、かすり傷一つ負わされていない。あと数秒遅かったら、と考えたら震えてしまった。

遠くで怒号と大きな音が聞こえている。家のなかには宏海たちしかいないようだった。

「友衛……？」

「と、保だ。あとはうちの連中が何人か」

「そっか」

「無事でよかった」

溜め息まじりに呟いたあと、隆衛は宏海を胸に抱き込んだ。

抱きしめられ、自然に身体を預けると、さっきまでの緊張感や恐怖感が嘘のように思えてくる。物理的な意味での危害は加えられずにすんだからなおさらだ。あまりにも唐突だったから、余計に現実感が薄いのだろう。

「兄貴」

友衛の声は普段よりずっと硬かった。表情は声と同じくらい硬くこわばっていて、まるで別人のようだ。

「どうなった？」

「一人逃げられた。けどまぁ、かえっていいかも」

「そうだな」

「じゃあ、俺たち戻ってる。あとから来るだろ？」

「ああ」

短い会話を終えると、友衛の視線が流れていく。そうして急に、目つきが険しくなった。友衛の視線の先に立つのは保だった。以前からけっして友好的ではなかった二人だが、いまの友衛の目つきはこれまでとは確実に違っていた。

保と目があう。戸惑う宏海に、彼は力なく微笑みかけた。

「なにもされなかった？」

「え……う、うん……」

「よかった。詳しい話は隆衛に聞いてくれ。それで……もし、また話す機会を許してくれるなら、言いたいことがあるから聞いてくれるかい？」

宏海がぎこちなく頷いたのを見て、保は踵を返した。その後ろを、少し離れて友衛が歩いて行く。まるで見張ってでもいるかのように。

まさかの考えが脳裏に過《よ》ぎった。

「隆衛さん……」

「まずは場所移すぞ」

「わっ」

いきなり抱き上げられ、リビングまで移動させられる。横抱きにされるのは初めてではないが、いつまでたっても慣れることはない。たとえ第三者が誰も見ていない状態であってもかなり恥ずかしかった。

隆衛は宏海をソファに下ろすと、キッチンで飲みものを用意して持ってきた。ミルクたっぷりのカフェオレだ。むしろコーヒー牛乳に近い代物だったが、いまの宏海にはちょうどよかった。温かなカフェオレが胃に入ると、ほっと息がこぼれた。身体が少し冷えていたことに、このとき初めて気がついた。

一息ついて隆衛を見ると、ばっちり目があった。ずっと見られていたらしい。

「話、聞けるよ？」

「みたいだな。とりあえず……おまえが気になってることを言うか。保の言ったことが気になってるんだろ？」

「うん。あと、様子？　なんかあれじゃ、保さんが関係してるみたい……」

「してるな。ガッツリと」

「え……」

いとも簡単に肯定され、言葉を失った。そうじゃないかという疑念はあったが、いざその通りだと言われてしまうとショックだった。

頭にぽんと大きな手が乗った。

「おまえが狙《ねら》われてるって、知らせてくれたのも保だ。だから慌ててこっちに向かう最中だったってわけだ。さすがに今日動くとは思ってなかったらしいけどな」

「お、俺狙われてたのかっ？」

さらに衝撃を受けて絶句していると、隆衛は順序立てて説明してくれた。

どうやら宏海の「力」についての話がどこからか外へ漏れたらしい。それを耳にした連中が興味を抱いたはいいものの、小田桐家の壁は厚く、なかなか手が出せなかったという。現状に不満を持つ保は、連中にとって格好の駒《こま》として映ったらしく、援助を餌《えさ》に取引を持ちかけたのだ。保はその資金を元に、もう一度起業するつもりだったようだ。

「えーと……つまりスパイ……？」

「まぁ、内通者ってことになるな。魔が差したと本人は言ってる。タイで失敗して、なんとかしなければという焦りもあったらしいな」

たとえ宏海の情報を売ろうとも、小田桐家を裏切るつもりはまったくなかったらしい。相手を利用してやろうと目論《もくろ》んでいたそうだ。

「小田桐家の四男になった宏海を売ろうとしたんだ。充分、裏切りなんだけどな」

「ん……」

保は指摘されるまで気付いていなかったという。どこかで宏海は小田桐家の者ではなく、遠縁――分家のなかでも力のない者だという意識があったようだ。

「まぁそれでも最終的には一族としての自覚が勝ったわけだ」

「なんか、ちょっと複雑……」

第一印象こそ悪かったが、その後は仲よくやっていたつもりだったし、好きだとも言われたのだ。あれはなんだったのだろう。宏海を油断させ、籠絡《ろうらく》するための芝居だったのだろうか。

本気じゃないのはいい。そのほうが宏海も気が楽だからだ。しかし向けられた笑顔や言葉が偽《いつわ》りだったらと思うと気が滅入った。

そんな宏海を隆衛はじっと見つめていた。

「あいつがなにを思って行動していたかは、本人に聞けよ。俺からは言わない」

「……うん」

「話を戻すが、保はおまえの情報を流してた。といっても、大した内容じゃない。一族なら誰でも知ってるような話と、おまえが話したことだけだ」

「え？　具体的なこと、保さんに教えてなかったのか？　去年の秋の、あれとかも？」

「まだ早いと親父が判断した。まぁ、正解だったな。一応、保にはコントロールできない力だってことを言っておいたそうだ。で、今日のはおまえを試しに来たわけだな。ナイフちらつかせて恐怖心を煽《あお》ってたが、本気でどうこうする気はなかったはずだ」

「そ……そうなのか……」

「おまえが外に出ないからって、うちに忍び込むとはな……」

建物のセキュリティには力を入れているが、敷地をぐるりと囲ったり境界線すべてを映せるようにカメラを設置するにはここは広すぎるのだ。どうしても死角はある。侵入者たちはそこをかいくぐってきたのだろう。

「いや、でもさ……発動しちゃってたらヤバかったじゃん。あの三人、ケガするところだったよ。爆発寸前だったもん」

「ってことは、見られたか」

「え？」

「発動するときの、あれだ。対象にだけ力が具現化して見えるってやつ」

「あ、それは大丈夫だと思う。寸前だった気がするし」

「そうか」

「やっぱ恐怖心のほうが、わりと簡単に力がぶわってなる気がする。えっと、ぶわっていうか……出口に向かっていく感じっていうか……」

感覚的なものを人に説明するのは難しく、しどろもどろになってしまう。宏海しか体感できないことだからなおさらだ。

「怒りの感情のときとは違うのか」

「うん。怒るときは、なんていうか相手に対しての感情なんだよね。さっきの場合って、相手ってよりもナイフとか殺されるかもっていう恐怖っていうか……」

「対人じゃないってことか」

「感情はね。でも発動はしかけてたけど……俺の感覚だと、怖いときのほうが短い感じがする。止まるときも、パッて消える感じ」

隆衛の登場で意識が逸れたからなのか、安堵《あんど》したからなのかは不明だが、発動しかけていた力は止まった。以前、宏海自身に力が向かいかけたときとよく似た状況だった。つまり原因が怒りでも恐怖でも、我に返ってその感情を抑えれば力の発動は防げるということなのだ。

説明すると、隆衛は鷹揚に頷いた。

「力を出すほうにはコントロールできないだろうが、止めるほうなら可能ってことだな」

「うん」

「冷静さを身に付けるより、感情を散らすとかそらすってほうが有効そうだな。ま、沸点を上げてくことには変わりないが」

「あー……やっぱりそれか」

基本的にはこれまでと変わりがないということだ。むやみに感情的にならない、受け流せるようにする、などだった。

「ま、念のために警戒しておくか。恐怖心を与えてもなにも起きなかった、っていう報告は、逃げたやつがしてくれるだろうし」

だから友衛との会話でそんなようなことを話していたのかと、宏海は納得して頷きかけた。そこであることに気がついた。ようやくそこまで頭がまわったのだ。

「ところで、どこの誰が俺を狙ってんの？」

「どっかの国の、超常現象に関心のある団体」

「……なにそれ」

啞然としてしまう。曖昧《あいまい》な言い方にも、日本じゃないという点も、おかしなことに興味があるという団体とやらについても、突っ込みたいことが満載だった。

　しかし問いかける前に隆衛は重ねて言った。

「詳細はまだ不明だ。保もよくわかってないんだ」

「は……？」

「話を持ちかけてきたのはアメリカに本社を置く日本法人だそうだが、実体のない企業らしい。その先はよくわからないそうだ」

「……よくそんな得体の知れないとこと……」

「深く関わる気はなかったそうだ。成功報酬、ってことになってたらしいしな。現段階で金銭のやりとりは発生してない」

「えーと……今後の見通しっていうか、いろいろどうなりそう？」

「保の今後に関しては、話しあいだな。親父と兄貴と、叔父で」

　会ったこともない人だが、きっと叔父――保の父親は自責の念にかられていることだろう。隆衛が叔父のことを口にしたとき苦笑まじりだったのもそのせいだ。

「あのさ、なるべく厳しくしないでって言っておいてくれないかな」

　宏海の意見が大きな意味を持たなくても、保には宏海の考えを知っていて欲しかった。母屋の脇で別れたときの様子を、その後ろ姿を思い出すと、言わずにはいられなかった。

離れでしばらく休んだあと、宏海は隆衛に付き添われて母屋へ向かった。

今日からしばらくは母屋で生活することが決まったのだ。もちろん安全のためだ。もともと力の発動を危惧《きぐ》して離れで暮らしていたので、その危険が薄くなったいまは母屋で暮らしても問題ないということになっていたが、継続して離れで暮らしていたのは、隆衛と二人だけの生活のため――ようするに事実上の新婚生活を送るためだった。

「もう離れは無理なのかな……」

「セキュリティの強化次第だな。やっぱり離れのほうがいいか」

「まぁ……気楽と言えば気楽。庭いじりも続けたいし」

「通えばいい。誰かと一緒のときにな」

「やっぱりそうなっちゃうか」

「安全には代えられない」

「わかってる」

わがままを通すつもりはなかった。自分の行動一つで、いろいろな人たちに迷惑がかかることはわかっているからだ。

案内されたのは隆衛の部屋だった。昔使っていた彼の部屋は洋間で、いまでは客間のようなしつらえになっているが、ここを使う者はいないという。いまだに隆衛の部屋ということだった。

「ホテルの部屋みたい」

「渡米するときに、あらかた処分したからな。残ってるのはベッドくらいか。あとは最近入れたやつだな」

隆衛の帰国にあわせて用意されたものだろうか。テレビは新しいものだし、ソファやライティングデスクも新しいものだ。部屋は二十畳近くあり、かなり広々としていた。

母屋は何十年も前に改築され、昔の趣《おもむき》を残しつつ新しい素材を使って快適に暮らせるようになっている。和風建築の洋間といった風情《ふぜい》のこの部屋も、まるでクラシックホテルのようだが、防音や断熱に優れているらしい。

そう説明した隆衛は意味ありげにニヤニヤと笑っていた。

「ようするに、まわりを気にする必要はないってことだ。ベッドのなかでもな」

「っ……」

横抱きなどと同様に、この手の軽口にもいまだに慣れずにいる。宏海は一瞬で顔を赤くし、横を向いた。こういう反応が隆衛を喜ばせるのだとわかっていても、無意識にやってしまうのだから仕方なかった。

　それによく考えたら、やはりまわりを気にしないではいられないではないか。離れでは洗濯も自分でしていたからいいが、こちらでは使用人がやってくれる。つまり事後のシーツなどを渡さねばならないのだ。

「……洗濯、自分たちのは自分たちでって……だめかな……」

「あの人たちの仕事を取るなよ。離れにいるならともかく」

「じゃあ当分えっち禁止。離れに戻るまで、だめだから」

「それは無理だな」

「無理とかじゃなくてダメなんだってば」

　言いあっているうちに、はたと我に返る。不毛というよりも恥ずかしいやりとりだ。とても人に聞かせられない。

　宏海がぐっと言葉に詰まっていると、ノックの音がして、すぐさまひょっこりと友衛が顔を出した。

「二人とも、応接室に来てってさー。結論が出たみたいだよ」

「もう？」

　まさかその日のうちに――わずか数時間で決まるとは思っていなかった。

　三人で応接室に入ると、当主と一衛、保のほかに、壮年の男性が硬い顔をして座っていた。保の父親という人物は、当主によく似ていた。当主から柔らかさをそぎ落として無骨《ぶこつ》にした感じだ。

「座って」

当主に促され、隆衛と並んで座る。正面には叔父と保がいて、コの字を作るようにして当主と一衛でもう一つの線上に座っていた。なぜか友衛は宏海の横に腰かけているが場所は肘掛け部分だ。それに対して誰もなにも言わなかった。

保の顔色はよくないが、怯えている様子も悲嘆に暮れた様子もない。背筋をピンと伸ばし、神妙な顔をしていた。

「無事だったとは聞いているが、大丈夫かい？」

「あ、はい。ご心配かけてすみません」

「いや、謝らなくてはならないのはこちらのほうだ。本当に申し訳なかった。初顔合わせがこんな形になって残念だ」

見た目の印象通りの硬い口調だが、誠実さはひしひしと伝わってくる。叔父はあらためて、保の父親だと名乗り、謝罪を繰り返した。あわせるように保も深々と頭を下げた。

恐縮してしまう。大の大人が二人して平身低頭なのだ。まして亡き父親よりもずっと年上の人に頭を下げられると、どうしていいのかわからなくなる。

助け船は両隣から出された。

「二人とも頭を上げてください。宏海が困っていますから」

「それよりも、話しあいの結果が知りたいなー」

隆衛はともかく、友衛は声が尖っていて少し怖かった。当主と一衛が仕方なさそうに苦笑したが、笑い方があまりにもそっくりで宏海は感心してしまった。

間を置いてから、当主は口を開いた。

「結論から言うと、今回のことは不問になったよ。保にはこれからも、分家としての役割を負ってもらう」

穏やかな口調には、いっさいの感情が乗せられていない。事実を淡々と口にしているだけだった。伯父としてではなく、あくまで当主としての決定だと言外《げんがい》に告げていた。

最初から保に対して否定的だった友衛は、当然納得しなかった。

「なんだよ、それ。宏ちゃんを売ったんだぞ？　小田桐家の四男を！」

「正しくは売りかけた……かな。確かに我々の信頼は少なからず失ったね」

「だったら……っ」

「だが彼を切るほどじゃない。最終的には、小田桐家のために……というよりは宏海くんのために動いたわけだからね」

「それはそうなんだけどさぁ……」

友衛は不満そうにぶつぶつ言っていたが、彼がなにを言ったところで決定が覆《くつがえ》ることはないと承知しているのか、やがて不承不承引き下がった。

当主は宏海を見つめた。

「君にも言いたいことはあるだろうし、納得できないだろうとは思う。だが今回はこの決定を受け入れてもらえないだろうか」

「あ、いえ俺はそれでいいです。もともとあんまり厳しくしないで欲しいって、言おうと思ってたんです」

「宏ちゃん、甘すぎー。あんまり優しくするとつけあがるよ？」

友衛は言いたい放題だ。保本人に言うのはいつものことだが、隣に叔父がいてもおかまいなしだった。慣れているのか、あるいは保に非があるから咎める声は上がらなかった。

「とにかく、今後に期待しているよ。失った信頼はこれからの働きによってまた築き上げていくしかないからね」

「はい」

保の返事を確認し、当主が頷いたところで、とりあえずこの件に関する話は終わった。するとすかさず一衛が少し身を乗り出した。

「それでね、僕からも一つあるんだ。これは隆衛と保に関することだ」

わざわざ前置きしたのは宏海がふたたび緊張をみなぎらせるのを見たからだった。目を見て安心させるように笑ったので間違いないだろう。それから一衛は隆衛を見据《みす》えた。

「次期当主は僕だが、事業は隆衛に任せる。これを今度の集まりで発表することにした。当主が経営面でもトップに座る必要はないからね」

「マジか」

宏海は前に聞いたことだったが、友衛は初めてだったらしく、ぽかんと口を開けている。その様子を見るだけでも、一衛の提案がいかに革新的なことかがわかる。知れば知るほど小田桐家というところは、しきたりや習わしの多い家だと思った。

そして本題はここからだった。

「保には隆衛を助けてやって欲しい」

すでに話しあいがなされていたようで、保は顔色一つ変えることなく聞いている。隆衛も承知していたらしい。

「謹《つつし》んでお受けいたします。よろしくお願いします、隆衛さん」

「おまえからそう呼ばれると気持ち悪いな」

心底いやそうな顔だが、不機嫌をあらわにする理由はそれだけではなさそうだった。これまで保に対して比較的寛容な姿勢を見せていただけに意外だった。

その理由は、当主たちが退室していってからわかった。いま応接室には三人しかいない。友衛は残りたそうな顔をしていたが、当主に呼ばれて別の話をするために出て行ったのだ。

「聞いて欲しいことがあるんだ」

「あ……さっき言ってた……」

「そう。言い訳も混じっているけど、いいかな」

「はい」

隣にいる恋人がどんどん不機嫌になっていく気がしたが、聞くと言った手前、前言撤回はできない。あとでなんとかしようと思いつつ、宏海は保の言葉を待った。

「最初はね、隆衛の恋人だから……って理由で、君に近づいた。告白したのも、そうだ。本気じゃなかった。あわよくば自分のものにして、隆衛に吠え面かかせてやりたいと思ってたんだ」

「ああ……」

「でも、いまは違う。自分でも驚いているんだけど、本気なんだ」

見つめる視線は確かに熱い。以前の告白とは違うのだと実感できるほどに。

だからといって心が動くことはなかった。嘘だろうと本気だろうと、宏海の返事は決まっているのだから。

「俺は隆衛さんの……」

「わかってる。それでも、チャンスはゼロじゃないだろ？」

「えー……」

それはどうだろう、と心のなかで呟いた。はっきり言うのは気が引けるのだが、宏海が隆衛より保を取る日なんて来ないと思うのだ。

ちらりと隆衛の顔を見ると、不機嫌どころか保を物騒な目で見ていた。纏《まと》う雰囲気がかなり攻撃的だった。

「た……隆衛さん……？」

「初めて感情的なところを見せたな」

ピリピリした気配をものともせずに保は笑う。むしろ嬉しそうなのを見て、やはりこの人は隆衛のことが大好きなんじゃないかと疑いを強めたが、空気を読んでなにも言わなかった。ここは宏海自身が空気になるのが得策だ。

「おまえのすることに興味はなかったからな。だが宏海のこととなれば話は別だ」

「いままで軽く流してたじゃないか」

「おまえが本気じゃないってわかってたからだ。だが本気というなら、そうもいかない」

身近な存在である保が本気だとわかれば、警戒もするし嫉妬もする、ということらしい。意外な告白に、宏海は少しだけ驚き、そして嬉しくなった。

隆衛が妬《や》いてくれる。嬉しくて、顔が笑み崩れそうだ。

一人でふわふわと幸せに浸《ひた》っていた宏海は、目の前で大人二人が殺伐《さつばつ》とした空気を作り出していることにも気付いていなかった。

あとがき

特に健康おたくではないけれど、毎年ちゃんと健康診断を受け、かつ二年おきくらいに人間ドックにも入っているきたざわです。こんにちは。

とりあえず健康です。すべての項目でクリアしております。血液検査も「パーフェクトです」とお医者さんに褒められましたし。

ＭＲＩに特化した施設で受けたんですが、技術者（？）というか、ＭＲＩとかＣＴのスタッフが、やたら若いイケメン揃いだったのは、どういうことだ……。雇用主がそういう人を優先的に取ったんだろうか。自然にあんなの何人も集まらないだろう、ってくらいに本当にイケメンくんばっかりのとこでした。お医者さんは普通のおじさまでしたが。

うん、あとはあれですよ。健康の秘訣でよくあがる「適度な運動」ってやつがクリアできたら、健康のためにできることはもうない気がする。でもハードル高いです。適度な運動ができるようなら、とっくにやっているよ……。

まぁ、家系的にはたぶん頑丈なんだと思われます。母方の祖父母は揃って百超えしましたので。ただし父方の祖父母は、わたしが生まれる――どころか母と結婚する前に揃って亡くなってしまっているので、平均したら普通かもしれない。

そんなことはともかく、この本の話です。また特殊能力系です。いや、好きというか、なにかと思いついちゃうというか……うん、やっぱり好きなんですね。マイブームはいろいろとありましたが、もはやこれはわたしにとってベーシック。きっとまたなにかこの手の不思議能力系をやるかと思いますが、そのときは「またかよ」とでも呆れつつお付き合いくださったら……と思います。

友衛のブラコンっぷりとか、幸斗の紳士っぷりとかをもっと書きたかったんですが、果たせませんでしたなぁ……残念です。

でも本は美麗なイラストに助けていただき、とっても素敵になっていると思います。雨澄《あますみ》ノカ先生、ありがとうございました。きれいで、かつ雰囲気のあるイラストをいただけて嬉しいです。いやもう本当に、キャラの魅力を何倍にもしていただけてありがとうございました。

最後になりましたが、いつも読んでくださっている方も、たまに……の方も、初めての方も、ありがとうございました。

ぜひまたお会いしましょう。

きたざわ尋子《じんこ》

初　出

硝子細工の爪	２０１４年 リンクス１月号掲載
硝子細工の指	書き下ろし

LYNX ROMANCE

臆病《おくびょう》なジュエル

きたざわ尋子

illust. 陵クミコ

本体価格
855円+税

地味だが整った容姿の湊都は、浮気性の恋人と付き合い続けたことですっかり自分に自信を無くしてしまっていた。そんなある日、勤務先の会社の倒産をきっかけに高校時代の先輩・達祐のもとを訪れることになる湊都。面倒見の良い達祐を慕っていた湊都は、久しぶりの再会を喜ぶがその矢先、達祐から突然の告白を受ける。強引な達祐に戸惑いながらも、一緒に過ごすことで湊都は次第に自分が変わっていくのを感じ…。

LYNX ROMANCE

追憶《ついおく》の雨《あめ》

きたざわ尋子

illust. 高宮東

本体価格
855円+税

美しい容姿のレインは、長い寿命と不老の身体を持つバル・ナシュとして覚醒してから、同族の集まる島で静かに暮らしていた。そんなある日、レインのもとに新しく同族となる人物・エルナンの情報が届く。彼は、かつてレインが大切にしていた少年だった。逞しく成長したエルナンは離れていた分の想いをぶつけるようにレインを求めてきたが、レインは快楽に溺れる自分の性質を恐れ、その想いを受け入れられずにいて…。

LYNX ROMANCE

秘匿《ひとく》の花《はな》

きたざわ尋子

illust. 高宮東

本体価格
855円+税

死期が近いと感じていた英里の元に、ある日、優美な外国人男性が現れ、君を迎えに来たと言う。カイルと名乗るその男は、英里に今の身体が寿命を迎えた後、姿形はそのままに、老化も病気もない別の生命体になるのだと告げた。その後、無事に変化を遂げた英里は自分をずっと見守ってきたというカイルから求愛される。戸惑う英里に、彼は何年でも待つと口説く。さらに英里は同族から次々とアプローチされてしまい…。

LYNX ROMANCE

恋《こい》もよう、愛《あい》もよう。

きたざわ尋子

illust. 角田緑

本体価格
855円+税

カフェで働く紗也は、同僚の洸太郎から兄の逸樹が新たに立ち上げるカフェの店長をしてくれないかと持ちかけられる。逸樹は憧れの人気絵本作家であり、その彼がオーナーでギャラリーも兼ねているカフェだと聞き、紗也は二つ返事で引き受けた。しかし実際に会った逸樹は、数多くのセフレを持ち、自堕落な性生活を送る残念なイケメンだった。その上逸樹は紗也にもセクハラまがいの行為をしてくるが、何故か逸樹に惚れてしまい…。

LYNX ROMANCE

いとしさの結《けっ》晶《しょう》

きたざわ尋子

illust. 青井秋

本体価格
855円+税

かつて事故に遭い、記憶を失ってしまった着物デザイナーの志信は、契約先の担当である保科と恋に落ち恋人となる。しかし記憶を失う前はミヤという男のことが好きだったのを思い出した志信は別れようとするが保科は認めず、未だに恋人同士のような関係を続けていた。今では俳優として有名になったミヤを見る度、不機嫌になる保科に呆れ、自分がもう会うこともないと思っていた志信。だが、ある日個展に出席することになり…。

LYNX ROMANCE

掠《りゃく》奪《だつ》のメソッド

きたざわ尋子

illust. 高峰顕

本体価格
855円+税

過去のトラウマから、既婚者とは恋愛はしないと決めていた水鳥。しかし紆余曲折を経て、既婚者だった会社社長・柘植と付き合うことに。偽装結婚だった妻と別れた柘植の元で秘書として働きながら、充実した生活を送っていた水鳥だったが、ある日「柘植と別れろ」という脅迫状が届く。水鳥は柘植に相談するが、愛されることによって無自覚に滲み出すフェロモンにあてられた男達の中から、誰が犯人なのか絞りきれず…。

LYNX ROMANCE

掠《りゃく》奪《だつ》のルール

きたざわ尋子

illust. 高峰顕

本体価格
855円+税

既婚者とは恋愛はしない主義の水鳥は、浮気性の元恋人に犯されそうになり、家を飛び出し、バーで良く会う友人に助けを求める。友人に、とある店に連れていかれた水鳥は、そこで取引先の社長・柘植と会う。謎めいた雰囲気を持つ柘植の世話になることになった水鳥だったが、柘植からアプローチされるうち、徐々に彼に惹かれていく。しかし水鳥は既婚者である柘植とは付き合えないと思い…。

LYNX ROMANCE

純《じゅん》愛《あい》のルール

きたざわ尋子

illust. 高峰顕

本体価格
855円+税

仕事に対する意欲をなくしてしまった、人気小説家の嘉津村は、カフェの隣の席で眠っていた大学生の青年に一目惚れしたのをきっかけに、久しぶりに作品の閃きを得る。後日、嘉津村は仕事相手の柘植が個人的に経営し、選ばれた人物だけが入店できる店で、偶然にもその青年・志緒と再会した。喜びも束の間、志緒は柘植に囲われているという噂を聞かされる。それでも、嘉津村は頻繁に店に通い、彼に告白するが…。

この本を読んでの
ご意見・ご感想を
お寄せ下さい。

〒151-0051
東京都渋谷区千駄ヶ谷4-9-7
(株)幻冬舎コミックス　リンクス編集部
「きたざわ尋子《じんこ》先生」係／「雨澄《あますみ》ノカ先生」係

リンクス ロマンス

硝子細工の爪

2014年5月31日　第1刷発行

著者……………きたざわ尋子《じんこ》
発行人…………伊藤嘉彦
発行元…………株式会社　幻冬舎コミックス
〒151-0051　東京都渋谷区千駄ヶ谷4-9-7
TEL 03-5411-6431（編集）
発売元…………株式会社　幻冬舎
〒151-0051　東京都渋谷区千駄ヶ谷4-9-7
TEL 03-5411-6222（営業）
振替00120-8-767643
印刷・製本所…株式会社　光邦
検印廃止

ISBN978-4-344-83111-7 C0293
Printed in Japan

幻冬舎コミックスホームページ　http://www.gentosha-comics.net